作家文摘

名家忆文系列

大家风骨

《作家文摘》/ 编

中国出版集团　现代出版社

目录

第一章　为学患无疑

第二章　平生多趣味

母亲林海音的晋江会馆·夏祖丽· 140

黄永玉家的猫·韩浩月· 145

白先勇先生二三事·罗青· 149

我的少年时代·杨苡· 154

我和《我的祖国》·乔羽口述，周长行、周潇湘整理· 158

我和"天书"的最初缘分·韩美林· 164

《色·戒》拍摄亲历记·沈寂口述，韦泱整理· 169

父亲梁羽生更愿是诗人或名士·陈心宇· 174

第三章　与世付真意

第一章 为学患无疑

我的祖父杨度

·杨友麒·

少年才子狂士风

我们老家在湖南湘潭姜畲，祖父杨度的祖父杨礼堂是湘军名将曾国荃的部下，因军功升到哨长（正四品），奠定了杨家习武世家的基础。1858 年杨礼堂在作战中阵亡，杨礼堂共有四个儿子，其中第二、第三个儿子早年去世，长子杨瑞生十五岁随父参军，荫袭了杨礼堂的官职，后来随曾国荃作战有功超过其父，官至河南南阳总兵（正二品高级武官，相当于地方军区司令员）。他在湖南老家买地置房，成为湘潭姜畲当地有名的"大户人家"。

祖父杨度的父亲是老四杨懿生，他并非武夫，从小身体不大好，但天分高，好舞文弄墨，饮酒赋诗。杨懿生早年病逝，留下三个孩子：长子杨度（十岁）、女儿杨庄（五岁）、小儿子杨钧（四岁）。其时，杨瑞生因连年在外征战，还没有子嗣，见杨度天资聪慧，就收他为自己的继子，并聘请多名有识之士到姜畲杨家私塾来当老师。杨度才思敏捷，过目不忘，所作诗词也受到当时很有名望的老学者的高度评价，"少年才子"之名很快在家乡传扬开来。

在1892年杨度十七岁时，杨瑞生为他花钱捐了个监生名分，获得和秀才同等资格。这样一来，1894年我祖父就可以直接参加乡试了。他不负家族期望，一举以顺天府乡试第55名考中举人，成为当时名副其实的上层绅士。这年，我祖父十九岁。而当时各级科举考试中，士子中榜时的平均年龄，举人约为三十岁。祖父以提前十多年的岁数获得举人资格，可谓少年得志，春风得意。这也助长了我祖父从很年轻时就有了目空一切的狂士之风，他这种"本性"持续了几乎一辈子。我们的四爷爷杨敞（杨瑞生四子）曾形容他："甲午年，兄中顺天乡试，复从王湘绮先生游治《春秋》，闻大义，有揽辔澄清之志，唯高视阔步，有狂士风。"

1900年，八国联军攻克北京，慈禧太后开始悔悟，着手兴办新政。湖南一向领风气之先，巡抚大人遂与当地著名乡绅商议派遣优秀少年前往日本留学事宜。祖父再也坐不住了，1902年，他不顾老师王闿运和妹妹杨庄反对，毅然自费赴日本留学，入弘文书院师范班学习。在这里学习五个月后，傲气十足的他向日本有名的教育家、日本高等师范学院院长嘉纳治五郎发起挑战，三次公开辩论日中教育和政治改革的得失。这件事在赴日留学生中引起轰动，大长了留学生的志气。

执着的"湖南騾驴"

梁启超在《诗话》中推荐杨度为"纯粹之湖南人"，在祖父身上，"湖南騾驴"的脾气也是最典型的。他虽然一生纵横中国政坛，但本质上是一个倔强的书生，而非一名政客，这是他在历史上的魅力所在，也是他的政敌和朋友一致公认的。

祖父自从留学日本获得研究世界各国信息的机会，就逐步明确了自己"君主立宪"的主张，他不赞同以孙中山为首的革命派意见（为此二人于 1905 年在日本发生过有名的"三天大辩论"），而与主张改良的梁启超过从甚密，成为在日本有名的"君主立宪派"。

数年中，祖父极力推行君主立宪的主张，直到帮助袁世凯称帝失败。1916 年 3 月 21 日，袁世凯在怀仁堂召集联席会议，决定撤销帝制。但祖父极为不满，他完全不认为自己有什么过失。他在给袁世凯的辞呈中写道："世情翻覆，等于瀚海之波；此身分明，总似中天之月，以毕士麦（俾斯麦）之霸才，治墨西哥之乱国，即令有心救世，终于无力回天。流言恐惧，窃自比于周公；归志浩然，颇同情于孟子。"

5 月 1 日，《京津泰晤士报》记者采访这位已成为众矢之的的名人，祖父仍侃侃而谈："……除君宪外，别无解纷止乱之方……"

袁世凯最后气急败坏，忧愤身亡，传闻他在弥留之际曾怪声高叫"杨度误我"。祖父闻言十分不服气，挥笔写就大字挽联，从灵棚的大梁直落地面，再次为自己的主张抗争："共和误民国，民国误共和？百世之后，再评是狱；君宪负明公，明公负君宪，九泉之下，三复斯言。"

最后，护国运动推翻了洪宪帝国，祖父遭通缉遁入天津租界，研究起佛学，自号"虎禅师"。

毁家纾难营救李大钊

在祖父晚年的经历中，有两个人对他有重要影响，一个是胡鄂公，一个是李大钊。

胡鄂公是我祖父共产主义思想的启蒙人，他觉得我祖父当时的佛学思想与共产党人的理想有相通之处，就给了他一些马克思主义方面的书刊，劝他看一看。

1927 年 3 月，胡鄂公得到北洋军政府可能要实施镇压的情报，他先将李大钊保护在宣武门内自己家中，后又转移到苏联公使馆，他觉得那里更保险。祖父在熊希龄长女的婚宴上，从曾任外交总长的汪大燮口中得知政府要派员进入苏联使馆搜查的消息后，立即托词离席，一边亲自去找胡鄂公向其报信，一边叫我的父亲杨公庶去章士钊家报信，因为他知道章李两家关系最密切。

照理，4 日离张作霖采取行动还有四十八小时的时间，李大钊要躲避是来得及的。但是，大部分躲在苏联使馆的同志都不相信这个消息是真的，因为八国联军入北京以来，还没有谁胆敢闯入使馆区。而李大钊也说："你们可以走，我不能走。我是北方局负责人，我一走组织不就散了吗？"最后，只有四个同志逃脱。后来，国民党北平市党部发往南方的秘密报告证实了此事。

李大钊被捕后，祖父与胡鄂公等商量组织营救事宜。胡一方面向党中央汇报情况，另一方面筹集经费进行营救。

4月9日，祖父与李大钊的朋友们组织讨论会，议决最好的办法是争取将此"李大钊党人案"移交地方法庭审理，这样就有了回旋余地。10日，我祖父等与司法总长罗文干同往安国军总司令部面见张作霖，说明应将此案移交地方法庭的理由，但未得到结果。

为了与胡鄂公筹集营救经费，祖父甚至将寓所"悦庐"变卖，毁家纾难。胡鄂公还打算组织铁路工人劫狱。后因李大钊不同意，未实施。

4月28日，李大钊等二十名同案犯被军法会审后立即处以绞刑。祖父和胡鄂公为了周济这些党人家属，或帮助他们脱险离京，所蓄为之一空。

"医民救国，继起自有后来人"

我大姑杨云慧回忆，祖父曾在自己的卧室写了六句话，裱糊好挂在墙上，表明心迹。这六句话是："随缘入世，满目疮痍，除救世外无事，除慈悲外无心，愿作医生，遍医众疾。"

祖父晚年曾有个计划写《中国通史》，最终没有完成，只留有一个提纲手稿，被我的儿子杨念群发现，发表在 1986 年《求索》杂志第五期。在手稿中，祖父将人类社会分为三个时代：第一时代是禽兽道时代，中国伏羲以前，无生产、无分配、无器、无家，是争食时代；第二时代是半人道社会，中国伏羲至今，生产重于分配、私器、私家，是争食时代；第三时代是人道社会，未来分配重于生产、公器、公家，是均食时代。

在我大姑杨云慧藏的一份有涂黑的手书原件中，可以辨认出祖父工整的亲笔手书，他以孔子和弟子各言其志的方式，阐述了心目中"各尽所能、各取所需"的理想社会，从中可以清楚地看到祖父从佛家无我主义到人道社会，再到共产主义社会认识的转变。至于祖父在组织上具体何时加入中共，成为秘密党员，王冶秋、李一氓、李淑一和夏衍等人均在 1978 年讨论过，收录在人民日报出版社出版的《难忘的记忆》（1979）一书中。王冶秋的估计是在 1926 年至 1927 年，李一氓和李淑一认为大约在 1928 年，而夏衍则认为是在 1929 年秋。

1986 年 6 月祖父新墓落成，为了举办落成仪式，唯一与作为秘密党员的祖父有过联系的在世老同志夏衍又赶写了一篇《续杨度同志二三事》（《人民日报》1986 年 7 月 7 日），其中写道："关于杨度同志和中国共产党有联系的事，30 年代初在上海小报上就透露过。我猜想，认识他的人也可能已经察觉到了……"

1931 年夏，祖父自觉病体一天不如一天，给自己写了个挽联总结自己一生，应当说是恰如其分的："帝道真如，如今都成过去事；医民救国，继起自有后来人。"

（《作家文摘》2016 年总第 1980 期，摘自《名人传记》2016 年第 10 期）

我为茅盾做秘书

·姜之麓口述，密斯赵整理·

临时受命

1955 年 3 月，时任文化部部长的茅盾即将奔赴上海，为创作《子夜》续篇收集素材。文化部决定为他配备一名临时创作秘书。时任文化部副部长兼上海市文艺办公室主任的夏衍考虑再三，指派当时在文艺办公室的我担任这项工作。

茅公住在北外滩的上海大厦十三层楼。他目光有神，上唇留着短髭，和蔼之外平添了几分威严。简单地问了我的姓名和大体经历，茅公马上切入正题，向我描述了具体的工作要求：主要是安排考察日程并实时向组织部汇报，需要几天，要访问哪些单位等，都需要我去联系好，约好时间，然后陪同他前往考察，并在考察时做好笔录，最后整理成文字交付他。

印象中，茅公的行程表里一共有二十多家上海企业，都很有代表性——大中华橡胶厂和五洲药厂是公私合营的代表；上海手表厂是全国生产规模最大的手表厂；上海机床厂当时正准备扩建为全国最大的机床厂；上海第三钢铁厂、上海景纶针织厂和英雄金笔厂等都是当时的支柱产业，产品声名远播。

茅公在创作上是个很严谨的人，他有一份采访提纲，每到一家厂，都会花上半天时间照单提问：工厂的规模、机器设备的来源、原材料如何获取、员工的籍贯、工资福利以及培训情况、产品的销路、有无政府的扶持等，就连员工家属的医疗、住房、伙食问题他都会一一了解，试图获得更多真实的细节。然而，他得到的答案却免不了"假大空"，听到的多数是千篇一律"报喜不报忧"的"赞歌"。记得茅公问上钢三厂厂长，你知道全世界范围内的先进国家都特别需要哪些钢材吗？当时的厂长回答说："没研究过这个问题，都是上面指定生产什么，我们就生产什么。"

听茅公谈《红楼梦》

作为一个文学院的毕业生，有机会近距离接触一个大作家，最想做的当然就是向他讨教一下文学创作。但怕影响茅公工作，我这个心愿就一直憋在心里不敢提。

有一天，茅公没有安排考察或游览，在房间里看书。起居室的茶几上，放着四五本书。茅公不抽烟，喜欢坐在躺椅里一边摇晃一边思考问题。我交了誊清的考察笔录后，同他商量后面几天的行程安排。工作交代完后，茅公随口问我："《红楼梦》你读过几遍？"

我想了想说："从头到尾大约读了两遍，其中有些好片段翻读过几遍。"

茅公说："读得太少了！"

我惭愧地低下头说："是读得不多……"抬头见茅公面带微笑，就怀着好奇心斗胆问了一句："沈部长，您读过几遍？"

茅公回答道："整部从头到尾读过十多遍，其中有连贯性的或是重要的精彩的片段读过总有二三十遍吧。"

我听了既惊讶又崇拜。

茅公叫我坐下，然后慢悠悠地说："对于《红楼梦》这样优秀的作品确实应该多读。读有几种读法，可以先从头到尾通读两三遍，再停几天，对其中精彩的重要的情节按顺序一个一个地读下去。然后再过些日子，重新从头到尾读两三遍，最后把各个情节（片段）联系起来进行比较、分析，看看它们之间有什么关系，描绘手法有什么不同。就这样，反复读上十几遍才够。"

茅公停了一下又说："文学源于现实生活。在现实生活中总是充满着各种各样的矛盾和冲突。这些矛盾和冲突在某种条件下要么会激化要么被解决，总之得得到'统一'。文学就是反映人类生活带有典型意义的矛盾、冲突为何发生、演变、激化、统一的连续过程的文字记载。"

《子夜》续篇缘何流产

转眼已是 5 月中旬，茅公结束上海之行回北京。

"文革"开始很久以后，我才从资料上得知当年茅公来沪考察的内幕消息。当时，茅公看到对资本主义式商业的社会主义改造已进行了两年多，其中涉及民族资本家的事例很多，觉得是个绝好的创作机会，便写信给周恩来请创作假。信中写道：

> 五年来，我不曾写作。这是由于自己文思迟钝，政策水平思想水平低，不敢妄动，但一小部分也由于事杂，不善于挤时间，并且以"事杂"来自我解嘲。总理号召加强艺术实践，文艺界同志积极响应，我则既不做研究工作，也不写作，而我在作家协会又居于负责者的地位，既不能以身作则，而每当开会，我这个自己没有艺术实践的人却又不得不鼓励人家去实践，精神上实在既惭愧又痛苦……如果总理以为还值得让我一试，我打算在最近请一个短时期的写作假。

于是，周恩来批准了茅公为期三个月的集中创作时间，以创作《子夜》续篇为目的去上海收集写作素材。

哪知，茅公回北京后，文思凝滞，只写出了小说的大纲和部分初稿，便再也难以继续创作下去。为此，茅公心中颇感郁闷。他给作协的一封信称：

> 我现在有困难……原因不在我懒——而是临时杂差打乱了我的计划。这些杂差少则三五天可毕，多则需要半个月一个月。我每天伏案在十小时以上，星期天也从不出去游山玩水，从不逛公园，然而还是忙乱，真是天晓得！这是我的困难所在，我自己无法克服，不知你们有无办法帮助我克服它？

显然，茅公希望能得到一个作家该有的创作自由，而不是没完没了地被牵涉到各种行政事务中去。

事实上，20世纪60年代之后，茅公就再也没有发表过长篇小说了，出版的都是些纯理论的文集。我十分理解茅公所期盼的创作自由与激情是什么，可惜再没有机会见到这位大文豪，听一听他的心声和教诲。

（《作家文摘》2017年总第2035期，摘自《名人传记》2017年第4期）

翦伯赞误入历史学

· 刘凤翥 ·

翦老的肯定

1957 年 9 月 21 日下午,北大历史系在教室楼(后称二教,现已拆除)的一个大教室举行了翦伯赞主持的迎新会。那是我平生第一次见到翦老。我在当天的日记上这样记着:

> 下午参加由系举行的迎新会。在会上我们的系主任、我所崇敬的知名的老历史学家翦伯赞先生给我们做报告。翦老先介绍了各教研室的老师和外国留学生,接着谈了本系的发展情况,翦老还嘱咐我们要加强政治学习,要加强思想改造,要学习马克思主义,要学好基础课,要学好外国语。

我记得，翦老当时还顺便讲了中外文化交流问题。他说，在中国历史上有过几次向外国学习的高潮——第一次高潮是古代向印度学习，第二次是近代向日本学习。他那浓重的湘西口音，"日本"的"日"听起来像"二"。

我在北大读书时，翦老由于系务繁忙已经不给本科生上课了，只带研究生，他仅仅在系里举办过有关亚细亚生产方式的学术讲座。为了指导正确评价历史人物，翦老于1959年2月19日在《光明日报》"史学"版发表了《应该替曹操恢复名誉——从〈赤壁之战〉说到曹操》的论文，从而在全国史学界展开了如何评论曹操的大论战。北大历史系也于当年举办过两次由翦老和中国古代史教研室主任邓广铭先生筹备的评价曹操的学术讨论会。

当时，邓广铭先生正给我们上辽宋金史的课。他一再号召我们年级的同学参加讨论。大家总认为，这是高年级同学的事，不适合二年级学生。为了向邓广铭先生交差，学习委员朱学习瞒着我，给我报了名。会议由邓广铭先生主持，他说，这是一次师生结合的讨论会，报名的不仅有老教师，还有青年教师，以及二年级的学生刘凤翥同学。

这时，我才知道所谓的"师生结合"，学生只有我一个人，顿时紧张得不得了。轮到我发言时，我就低着头一个劲儿念稿，还念了两三个白字。坐在我对面的翦老——替我纠正。念完稿子后，翦老和邓广铭先生带头为我鼓掌，翦老还上前与我握了握手。

会议结束时，翦老说："今天的会开得好，所有发言全部发表。今天来参加会的有《光明日报》和《文汇报》的同志，今天的发言全部给《光明日报》，就对不起《文汇报》了。"凭借翦老的面子，我的发言"滥竽充数"地发表在当年 5 月 6 日的《光明日报》上。

冯玉祥的家庭教师

我们四年级时开始分专门化。我被分在中国古代史专门化。1961 年 3 月 16 日晚，我们专门化的十三位同学到翦老家中拜访。我在当天的日记中写道：

> 今天晚上，我们专门化的十三个人去燕东园访问翦伯赞主任，翦老很热情地接见了我们，与我们畅谈至深夜。翦老首先谈到古代史和近代史的关系，接着谈到他研究历史的原因和过程，通史与专史的关系问题，写作问题以及他的喜好和交际问题等。翦老非常健谈，他谈话很活，很有风趣。

翦老说，他根本就不是科班学历史的，他是学商业的。他写的第一本书是《最近之世界资本主义经济》，研究的是第一次世界大战后的世界经济情况。他说，自己做梦也没想到此生此世会研究历史，更没想当什么历史学家，完全是因为工作关系，偶然把他引到了这一学术领域。

1938 年，翦老虽然出版过一本《历史哲学教程》，但要说真正专门搞历史研究，还得从给冯玉祥将军当家庭教师那时算起。抗日战争爆发后，他先在湖南溆浦编辑《中苏友好》杂志。1940 年春，辗转到了重庆，请周恩来同志给他找份安全的工作。恰在此时，被削掉军权的军委会副委员长冯玉祥将军表示，自己是军人出身，玩枪杆子玩了大半辈子，从小没有正经读过什么书，后半辈子想请个德高望重的有学问的家庭教师给自己补补课，好好读点书，这样才不虚活一世云云。

有一次，冯玉祥在周恩来面前又提及这番话，周恩来巧妙抓住时机，把翦伯赞推荐给了冯玉祥。翦老也因此入住冯公馆，专任冯的家庭教师。冯玉祥让翦老给他讲历史。翦老也就一面备课（即自学和自行研究），一面给冯玉祥讲课。

翦老说，全靠他的国学基础好，才得以胜任冯的家庭教师一职。翦伯赞的祖父是清代举人，在他还咿呀学语时，祖父就抱着他，以"子曰""诗云"教育孙辈。翦伯赞七八岁时，祖父让他试着标点《资治通鉴》。虽然没有真正进大学科班学历史，但在祖父的指导下，《史记》《汉书》《后汉书》《三国志》（即二十四史的前四史）以及《资治通鉴》，他不知读过多少遍。

翦老说，冯玉祥对他极为尊重。每次讲课之前，都是冯玉祥亲自把翦老所坐的椅垫铺好后，再请先生坐。冯玉祥不仅认真听讲，还记笔记，而且他身边的如夫人李德全、副官余心清等均要旁听。众人在下面早已约好：谁若不注意听讲，被发现后，冯玉祥就会瞪谁一眼，谁就得自动站起来罚站，过一会儿再自动坐下。

这一约定，翦老事先并不知情，是他在讲课中逐渐发现的。

翦老把他给冯玉祥讲课的讲稿整理成《中国史纲》第一卷和第二卷，即先秦史和秦汉史出版，还把一些讲稿先以单篇文章发表，然后再集结成《中国史论集》第一、第二集，出版发行。正是这四部著作，使翦老一举成名。

我们发现，在翦老的客厅中挂着一幅冯玉祥画给他的山水画。画面上，山涧中有一条河，一个人撑船逆水而上。冯玉祥还在题款中写了一首打油诗："伯赞先生：乘小船，上高山，脱去长衫，打倒独裁卖国的汉奸。决心挺坚，不怕任何危险。冯玉祥一九四八年二月十一日"，足见冯玉祥将军与翦老的师生情谊。

（《作家文摘》2020 年总第 2310 期，摘自 2018 年 4 月 16 日《光明日报》）

刘海粟：灵犀一点，精神万古

· 邹士方 ·

希望中青年人多出去看看

1984 年 5 月的一天，我在北京的一家宾馆里，拜访了出席全国政协大会的刘海粟先生。

海老 3 月因生背疮在广州做了手术，休养了一段时期，5 月中旬即赶到北京出席政协大会。海老拿出他的两本诗集给我看，他指着最近作的几首诗词对我说："在医院我也没闲着，你看我作了好几首诗呢！"他爽朗地笑了，满头银丝都在颤动。

我与他谈中国画，他告诉我，他自己的毕生精力都放在中国画的创新方面。他说："从五四新文化运动开始，我就努力探索中西绘画结合的问题，我开始是画油画的，后来又搞中国画，另外走出了新的路子，比如我的泼彩、泼墨，是古人所没有的。"

我告诉他，我的老师朱光潜和宗白华两位先生都很想念他。他说，他同宗白华先生是五四时期的好友；同朱光潜先生是20世纪20年代留法的同学，他们同住在巴黎乡下玫瑰村。他让我给两位老人带好。

当我问起他今后的打算和行踪时，八十九岁海老的回答壮志凌云："我已经九上黄山了，争取十上黄山！"海老的夫人夏伊乔告诉我，政协会后，马上就赶回上海，会见日本画家，6月8日赴日本访问。这次访日海老准备率领一些江苏省的中青年书画家同行。海老说："我不希望总是我一个人出国访问，而希望中青年人多出去看看。这次日方让我搞个人展览，我没同意，只答应带十二张画和两张书法的拓本，而让中青年多带一些作品去。在日本访问期间，要举行'挥毫会'，中日双方书法家当场表演，我希望我们的中青年书法家也参加。"

我的光荣不是个人的

1987年5月21日，我去北京大雅宝空军招待所拜谒海老。

海老不久就要去新加坡举办书画展并访问，他告诉我，这次是应新加坡艺术学会和国立博物馆的邀请而去的，展出的作品一共是一百幅。他说，抗战时他曾应陈嘉庚等人的邀请三次在新加坡举办展览，并将义卖所得一百二十余万新加坡元全部捐献给贵州省红十字会支援抗战。这次他将会见他的好友、弟子刘抗、黄葆芳、潘受、周颖南等新加坡文学艺术界著名人士。"刘抗是我的学生。抗战时就在新加坡，那时李光耀还是学生……""新加坡有不少华侨和华裔，他们都心向中国。去年我访问法国，也受到华侨、华裔的欢迎，还有不少是台湾同胞。我对他们说，台湾是中国的一部分，台湾发展了，也是中国的成绩。"

海老的夫人夏伊乔怕海老劳累，一再劝他少说话，但海老见到我如逢故人，话多得不得了："我过去受过许多打击，但我拿得起，放得下，吃得好，睡得香。我在法国，看到我们的艺术家在他们那儿都有档案，我也有专门档案，好多好多，很详细。我的光荣不是个人的，是国家的。在法国有画商要同我签合同，让我每年画五张国画，五张油画，一张五万至十万美金，这些画可以在法、英、美等国收藏展览，可我却没有答应。"

艺术大师的灵感华彩纷呈，瞬息变幻，他与我谈起了艺术："不懂古无法通今，我画油画笔触有篆书风韵。中国画有许多妙处，如它的空白处不是真的空白，是意到笔不到。中国讲六法，其中气韵生动、骨法用笔最重要。对于民族文化和外国文化我都主张吞进去，吐出来。"

我说："黄翔先生告诉我，他向您请教绘画的道理，您说了八个字'大胆落墨，小心收拾'。"海老说："大胆落墨较易做到，但后一句做不到。许多人是大胆够大胆了，结果是不可收拾，一塌糊涂。"他又说："艺术无止境，要精益求精。学艺要刻苦，我的好友傅雷先生学画，不好就撕了，他不满意，就又搞艺术理论，不满意，又搞翻译，结果成就很大。"

最后，海老拿出他最近书写的一幅书法给我看，那是"灵犀一点，精神万古"八个大字。他声如洪钟地对我说："一切诗词书画，一切艺术都是心灵的闪光。艺术的一点一画，精神永远不朽；艺术家的精神永远不朽！"

中国的东西更深刻

1988年4月13日，我去北京钓鱼台国宾馆看望刘海粟先生。这时，常州市委一班人为筹建刘海粟美术馆一事造访海老。

海老说："我是常州人，几十年在外面走，非常感谢家乡对我的关心！法国有许多个人美术馆，不仅有本国艺术家的，还有外国的，如马蒂斯、毕加索都有专门的美术馆。毕加索虽然是西班牙人，但法国说他是巴黎画家。后期印象主义是吸收了中国的东西的。我们的一个和尚石涛影响了欧洲三百多年，我写过《石涛与后期印象派》。日本的'浮世绘'，也是从中国传去的。"他又说："承蒙家乡同乡重视我。江苏省也要搞我的美术馆，在南京，日本人要投资一百万美金，我说不能依靠日本人，刘海粟是中国人。"

"你们搞美术馆，要研究思想，中外资料都要收集，博物馆、美术馆要研究学问。我九十几岁还学呢，学问没底。我不是单研究西方的东西，我认为中国的东西更深刻。介绍欧洲的东西，不要忘记中国传统。法国朋友看我的作品，认为'极古、极新'。有新一定有古，新的东西不能完全脱离古的而存在。绘画代表一个时代，一个民族。"

（《作家文摘》2020年总第2338期，摘自2020年5月21日《文学报》）

在恩师梅兰芳家学习

·舒昌玉口述，沈飞德、章洁采访整理·

拜师时未行叩头礼

我拜梅兰芳先生为师，有个机缘。是经顾宝森先生引荐的，他是梅先生的化装师。他看了我的戏，向梅先生推荐我，梅先生说要见见我。当天去的时候比较紧张，竟然没有带礼物，空着手就上门了。正好言慧珠和给她拉琴的沈雁西也在那里，梅先生就说，正好言、沈两位都在，你唱一段试试。我唱的是《凤还巢》中一段，等我唱完，梅先生很和蔼地点点头，看样子挺高兴。第二天，顾师傅就打电话到我们家，说梅先生同意了。

之后，我又去过几次梅家，事先问顾师傅要带什么东西吗？顾师傅就说，茄力克香烟就成（进口烟，当时还挺贵），先生喜欢抽这个牌子的烟。所以我每次去，都带四听茄力克。

1950年9月，梅先生赴北京参加国庆典礼，上了天安门城楼。我就是这次跟他一起去的北京。我是1951年10月2日正式拜师梅先生，到京后就安排了拜师仪式，都是顾师傅帮着张罗的。那时候要写门生帖子，写完帖子以后递给老师，再行拜师礼，这事是由梅先生的秘书许姬传包办的。拜师的时候我想磕头，先生说不用不用，鞠躬就行。仪式是在梅家客厅里办的，既简单又隆重。此后，我就住在梅先生家里（即今梅兰芳纪念馆），跟他学戏。

看戏与听念白

当然，学戏是没有固定时间的，因为梅先生晚上经常有演出，白天就要休息，一般中午才起床。但他演出的时候我就看戏。戏班有这么一句话："百学不如一看，百看不如一演。"看戏比学戏还重要，你要是基本功好、悟性好的话一看就会。

顾宝森曾对我讲，梅先生私下感叹："人家外行的小孩儿，家里一个人也没有在戏班儿里的，就这么要学，葆玖偏偏不想学，喜欢玩儿。"那时候葆玖年纪轻，喜欢新潮的事物，喜欢搞音响，有时候也喜欢修汽车。他当时根本就不喜欢京剧，是被动的学习。不过"文革"以后，他接班了，一方面有压力，另一方面也懂事了。这是后话。

先生和师母挺喜欢我就是因为我好学，对戏是真的喜欢。

这半年当中，我看了先生很多场戏，经常演的有《霸王别姬》《凤还巢》《贵妃醉酒》《女起解》等。观看中，师母经常提醒我："昌玉，这地方你要注意点！"比如说，《凤还巢》的"三看"，是最精彩的一场，香妈就会叫我注意。她很懂行的！

先生没有演出或者心情好的时候，如果想教我什么，就让家里的老妈子来喊我。教戏主要是念白，不吊嗓子。比如今天晚上演《霸王别姬》，他就念《霸王别姬》的戏词，我就在自己房间听，不走过去打扰先生，听得清清楚楚。他不教唱腔，因为唱腔我在他演出的时候都可以学到。念白比吊嗓子出功夫，因为念白没有伴奏，吊嗓子有伴奏，有时可以借着透透气，让伴奏声音盖过去。念白最见功夫了，"千斤念白四两唱"。

梅先生给我说戏，也和一般老师教的不一样。传统的大多是老师教我跟着唱，他不教唱，他就给你讲这个戏的人物，人物性格、年龄、人生环境，什么时候什么心情，如何表现这个人物，他就给我说这些。让我先理解，然后思考怎么去刻画。晚上先生有演出的时候，我就按着这个思路边看边研究，都这么学的，这样之后就不一样了。

我感觉梅先生最大的贡献是他对人物的理解，和其他程式化东西不太一样。他名望那么大，一点没有架子。人也很开明，他跟我说："你不要死学我，不要学我的外形，要学我内在的东西。""我也没见过虞姬，但我自己创造了这个（人物形象）。"还强调说："我们一定要把戏唱好，不但要把戏唱好，还要把观众的欣赏能力提高。"他的戏，每次都有改动，不断地创新。

言传身教

　　印象最深的，有一次先生晚上有演出，要唱《霸王别姬》，白天他就在自家院子里琢磨舞剑的剑套子，许姬传秘书、姚玉芙都在，我也在旁边看着。他那剑套子，原来是顺时针亮出去指的；可他感觉不大顺，就在院子里琢磨着比画着，不停地换动作。后来，他觉得倒过来逆时针这么指出来，连腰也一起动了，比较顺。他一看见我，就说："你来，你把这个动作做给我看看。"先生以观众的眼光来看，边看边说"这里挺好""这太高了""这太低了"，对我挺用心。当天晚上的演出梅先生就按新的动作演了，非常漂亮。

　　梅先生叮嘱我，不但要把自己的戏演好，另外在戏德方面也非常重要。有一年在上海中国大戏院，我看先生演出，先生是日场，星期天的白天，演的是头、二本《虹霓关》，头本他演的是东方氏，二本演的是丫鬟，一个人赶两个角色。头本梅先生饰演的东方氏戴孝了，没有戴头面，二本就要戴头面、头花之类的，但是在场上头上插的花突然掉了一个。有的演员看到这样就慌了，但梅先生不慌不忙的，做了一个很优美的动作把花捡起来又插上了，这个动作还引起了下面观众的叫好声。本来这个责任应该是后台包头的，就是顾宝森师傅负责的，事后他就跟梅先生道歉，梅先生不仅没有责备他，还宽慰他说没事，你看你还让我多得了下面一个彩。

对于同行，梅先生也关怀备至。每到过年的时候，他总是带头唱义务戏，大家都不拿份子钱，所有的收入都归有困难的同行，让他们能够宽宽心心过个年。

我在贵州省京剧团的时候，有个艺校的老师叫方宝成，原来是梅剧团的人，梅剧团解散以后，他到贵州省艺校教书去了，梅先生还一直给他寄钱。

（《作家文摘》2019 年总第 2255 期，摘自《世纪》2019 年第 4 期）

林徽因的最后一课

· 王世仁 ·

我于 1951 年考入清华大学营建学系，1952 年院系调整，北京大学工学院建筑工程系并入清华营建学系，改称"建筑系"或"建筑学系"。当时，系里只有梁思成、林徽因两名一级教授，但是自 1950 年后，梁、林二位就不再授课了。

梁先生被任命为北京市都市计划委员会副主任，主任是时任市长彭真。所以实际日常业务，包括总规、详规、城市设计直至重要建筑方案，都要亲自过目甚至亲笔修改。同时他又是全国人大常务委员会委员，还是许多学会、协会的负责人，其中担任的中国建筑学会理事长，外事活动频繁，所以无暇顾及系里事务，更不用说登台讲课。

而林先生从来就不上建筑学的课。营建学系初期分为四个组（专业），一是建筑设计，二是城市规划，三是园林景观，四是工艺美术。1952 年后，园林景观并入林学院（今中国林业大学），工艺美术组原定并入工艺美术学院，由于林先生坚持，仍在建筑系保存下来。在 1955 年初一个寒冷的冬季，我有幸听了林徽因先生给建筑系学生上的最后一课。

那是我们四年级时的一个设计作业，题目是"舞厅设计"，建筑的平面或矩形、或圆形、或椭圆形，自己决定，重点设计天花板、地面、门窗、墙壁，也就是室内装修设计。我的设计指导教师是留美海归周卜颐教授。未动手设计之前，周先生告诉我们，林徽因先生听说我们要做室内装修的课题，主动提出要给我们上课，地点就在胜因院家中。胜因院是抗战胜利后新建的一批红砖坡顶美国式独立住宅，比他们原来住的新林院二户并列的住宅要宽敞明亮。因为我们这班有六十多名学生，家里容纳不下，所以分两次授课。上课那天我们每人带一个小马扎进到她家。她家的前厅和书房连通，书房临窗摆着一张大书桌，林先生从书桌后面站起来，走在前面。这是我第一次近距离见到她。我们知道，她从 20 世纪 40 年代就患有肺结核，经常要卧床养病，今天为了上课，居然挺直身板站在学生面前。她穿着一件肥大的宝蓝色丝棉长袍，因为身体太瘦了，长袍看起来特别肥大。脚下穿一双翻毛一体的连帮鞋。她那时不过五十岁，头发黑亮，只是面颊凹陷，瘦得有些脱形，只有一双大眼睛闪烁着炯炯的光芒。她讲课没有讲义提纲，而是漫谈式地讲了艺术构图的基本法则，色彩的运用，纹饰的构成。她把当年设计国徽的所有方案和许多景泰蓝花纹，大约有十几幅图，一张一张给我们讲评。她强调说：国徽是国家的象征，必须要有中国的精神，这就是以中立国、以中治国、以中处事，所以全部构图必须绝对对称，又必须有一座能代表国家的古建筑形式作为构图重心，天安门理所当然成为代表。最后的方案达到了这些条件，最终就是现在的式样。

在讲解中，她特别强调要注意细节。她说一个细节就如同画龙点睛，她指着靠墙的两个小沙发，说这是梁先生自己设计的，坐垫和靠背角度很舒适，两个木扶手是仿明式家具，在扶手下面和木腿之间各衬有一条木条，这就是细节所在，木条的线形遒劲圆滑，感觉上有一股灵气。既展示，又点评，足足有一个多小时，最后长舒一口气说："行了，下课吧，秃小子们先走，丫头们留下，我还有话说。"事后，我们这些男生悄悄问女生，她（林先生）讲了些什么？女生都笑而不答。后来逐渐透露，原来她是对女生说了一些"淑女风范"的规矩，如发式、衣着，坐、站、走路姿势等。只是那时讲究朴素，没说如何化妆。

这节家中授课以后，她又卧床不起了，不久转入市内住院，再也没有起来。一代才女名师在1955年永远闭上了眼睛，再没能返回她的清华园，凑巧我们也在当年毕业，告别了母校。

（《作家文摘》2020年总第2337期，摘自2020年5月15日《北京晚报》）

我的义父程砚秋

·李世济口述，吕潇潇、秦珂伟整理·

拜认干爹

我从小生活在上海，家里与戏剧并不沾边。我的姨妈，也就是我母亲的亲妹妹在一家银行工作，银行里有个唱京剧的票房，她参加了。我的姨妈从此爱上了京剧。我那时才四五岁，姨妈学戏的时候，我就拿一个小板凳坐在一张大红木八仙桌底下，抱着桌子腿听戏。有时候，我也跟着哼哼，姨妈发现我竟然都学会了。那时，我学的是《女起解》，姨妈就让我上她们那个票房演出。那个票房挺大，我也不害怕。一点也没有洒汤漏水，一个错字都没有，都在调门里。就这样，我第一次上了舞台。

从此，我就出名了，小名叫"李小妹妹"。后来，社会上有什么聚会要唱一段，就把我叫去，拿我当一个稀罕物。

我十二岁那年，程砚秋先生到上海长住。我第一次见到程先生，是在一个银行家许伯明的家里。我进去以后，他们就拿我开玩笑。他们管程先生叫"老四"，因为先生行四，说："老四你看，这小孩和你长得真像！真像你的女儿，比你女儿还像你！"程先生也非常高兴，把我叫到身边，拉着我的手说："他们说你像我。"旁边就有人搭言："干脆就认作你的干女儿吧！"程先生叫我坐在旁边，让我唱两句。我就会那么几句，但唱得没有任何毛病，他听了之后很高兴。

第二天我放学回家，一进门就看见我父亲神情紧张得不得了，说："你快进来，程砚秋大师来了！"接着，父亲就让我磕头，父亲说："这是干爹，今天特意来认你做干女儿的！"程先生说："我这次是单身在上海住了那么久，我愿意收你做干女儿。我问了人家才知道，收干女儿要送这些礼物。"说着，给我看那些礼物：两对银筷子、两只银饭碗、一个金手镯。父亲又让我磕头，正式拜认干爹。

从程先生学戏

从那以后，每天下午四点，程先生都准时来我家，教我学戏。我每天放学之后就玩儿命地往家跑，坐公共汽车回家，唯恐耽误了时间。

我学的第一出戏是《骂殿》，程先生的要求非常严格，他给我讲程派的吐字归音，怎么张口、出声、味道等。我刚刚入门，就知道"你怎么教我，我就怎么学"，接受能力很强，他很高兴。

练脚步。拿一张纸夹在两个膝盖中间，勾着脚面半步半步往前走，开始的时候是慢慢的，然后要求走得很快。开始的时候头顶一本线装书，顶在头上不许掉下来，还得夹着纸走。走了一段时间后，把书换成一个碗，里面放半碗水，最后放满满一碗水，就不许脑袋动，一动就哗的一下流一脸的水。走路要勾脚面，我一个礼拜就踢破一双鞋。我老师就让我师娘果素瑛给我做鞋，每次都寄三四双给我。

喊嗓子。我家附近没有湖，也找不到城墙，程先生就给我做了一个酒坛子，架在一个高架子上，我就对着酒坛子练念白。教我的第一段念白是《玉堂春》，大段的念白，各种辙口，每天念无数遍后，程先生才允许我休息。还有一种练法就是拿一张宣纸贴在墙上，念到宣纸被喷出的唾沫弄湿了，才能休息。因为过去戏院没有麦克风，你必须让你的声音、每个吐字归音都能传到最后一排。

程门立雪

1952 年，我从圣玛利亚中学毕业，考入上海第二医学院，但放不下京剧，就和程先生提出演戏的要求。先生说："你看看我的家里，大儿子在法国，二儿子做保密工作，三儿子在画画，女儿结婚了，没有一个唱戏的。你是我的干女儿，也不能唱戏。"他还说："剧团像个大染缸，戏剧界的风气很不好。"那时我虽然很小，但是我回答："莲花出于污泥而不染。"这也是我人生的准则。程先生看了看我，觉得我心胸开阔，很欣赏。但依然反对我进入剧团，认为戏班里出不了什么人物，终归会同流合污。我的父亲也反对我演戏，因为在旧社会，艺人是"下九流"的最后一个，会被社会看不起的，而且已经供我上到大学，不能放弃学业转而去唱戏。虽然程先生态度很坚决，但是我也一样执着："你给我请了那么多的好老师，我学了那么多本事，你却不让演，这根本不可能。而且我立志已定，不能改变！"

决定演戏之后，我就偷偷地到了北京。我父亲当时在北海附近，即现在的北京四中给我租了一处房子。我每天到程先生家里去求他，他都说不行，后来干脆连门都不开了，不见我。那时，我才知道什么叫"程门立雪"：有一天下大雪，我穿了一件皮领子的外衣，像从前一样站在他家的屋檐下。我知道他那天要参加政协会议。程先生坐着黄包车回来看到我，愣住了，彼此的眼神都能感觉到对方的想法。他下车问我："你是不是还想演戏？"我说："是的。"他说："不可能！我告诉你，因为你的事情，我已经和你干妈吵过好几次架了，你以后不要再来了，我坚决不会同意的！你可以当票友界第一人。"我一次次地碰壁，也有思想准备，我说："我一定要演戏，我要继续和你学戏，我要做你的继承人！"

拜师梦难圆

此后，我不断学习，程先生依然关心我，他经常偷偷地戴上口罩、帽子来看我的戏，这是事后别人告诉我，我才知道的。后来有一个叫白登云的鼓师，知道了我和程先生的事情，就告诉了周总理。总理很关心，就在程先生和我都在中南海的时候，说："现在有这么个机会，今年（1957年）你们要去莫斯科参加世界青年节的比赛，你是评委，我把世济交给你，等你们回来以后，我请客，给你们办拜师典礼。"

我感觉这是天大的荣誉啊，眼泪都要下来了。程先生本来很严肃的面孔，也马上变得眉飞色舞。

可我们回国后，因为种种原因，总理、程先生和我们的时间总不能凑到一起。等到终于可以举行拜师典礼了，但是在预定典礼前一周的一天，有人通知我，程先生故去了。天刚蒙蒙亮，我和我先生唐在炘就到了医院。在太平间，白布一掀开，我就看到程先生七孔流血，就拿手绢轻轻地擦干净。几十年的希望，眼看就要成功了，瞬间破灭，真是晴天霹雳，我整个人都傻了。也不知站了多久，就听到后面有人说："世济不要难过了，还有我呢！我死的时候要有你们这样两个学生这么对我，我就心满意足了。"我回头一看，是马连良老师。又有一个声音说："世济，不要哭了，程先生走了还有我呢，师叔会照顾你一辈子。"我一看是荀慧生老师。

在程先生的追悼会上，我见到了总理，我的眼泪不停地流。总理对我说："世济，要化悲痛为力量，今后发展程派这个担子就得你努力去挑起来。流派要随着时代的发展而发展，我相信你一定能做到！"就这样，拜师成了我终生的遗憾，但我后来回忆和程先生的交往，悟出了一个道理：我虽然没有拜师，但我学到了程先生的精髓和精神，也等于是拜师了。

（《作家文摘》2014 年总第 1737 期，摘自《文史资料选辑》第 163 辑，中国政协文史馆编，中国文史出版社 2013 年 9 月出版）

钱学森的最后二十二年

·钱永刚·

在钱永刚眼中，父亲钱学森嗜书、喜静、乐观，耄耋之年虽常年卧床，但他安之若素，同时，他的思考并未停止。在钱永刚看来，父亲退休前体现的是一位大科学家的风采，而退隐之后的思考，更多展现了他作为思想家的一面。从这个意义上说，钱学森的最后二十二年是他九十八岁人生的重要拼图，值得关注。

退休后从未停止思考

因为父亲是院士，当时院士是不退休的，所以并没有办过正式的退休手续。1982 年，他卸任国防科工委副主任，五年后又卸任国防科工委科技委副主任，从那时起，他就不再去办公室了。

1986年的时候，我父亲还能走动，组织上找他，要提名他为政协副主席的推荐人选，他一开始没答应。当时政协主席是邓颖超，她亲自找我父亲谈。他们有特殊的渊源，我父亲上小学的时候，邓颖超就在那个小学当老师，虽然没有教过他，但我父亲后来一直管邓颖超叫邓老师，有一份师生情。

邓颖超问我父亲为什么不愿意当，他说想用有限的精力多做一些学术研究。邓颖超就说，提名还是要提名，当选后你有事可以请假。

应该说，从行政领导岗位上退下后，父亲从未停止思考。从1982年卸任国防科工委副主任，到1996年的那十四年，是我父亲晚年学术思想的高峰期。从1982年到1990年，父亲研究的重点是系统科学、思维科学，还有人体科学、社会科学。

1978年5月，我父亲在国内第一次提出了系统工程。1990年，他和其他两位同志在《自然》杂志发表了《一个科学新领域——开放的复杂巨系统及其方法论》，就是他那一阶段研究成果的一个总结。

1991年10月，我父亲八十岁的时候，中央授予他"国家杰出贡献科学家"荣誉称号，这个称号迄今为止我们国家只授予了我父亲一个人。

为何没有出席授勋大会

1999年9月18日，中央在人民大会堂举行隆重仪式，为

"两弹一星"科技功臣授勋。父亲没有出席大会，而是在家里接受勋章。

他当时已经卧床三年了。1996年，他去医院体检，医生明确跟他说，钱老您得卧床，骨质疏松了。以前，他喜欢跟我母亲到楼下航天大院里散散步。但自从卧床后就不下楼了，他可能不想让别人看到自己的老态。

从那时起，他开始关注人体科学。他从行政领导岗位上退下来以后，更是花了很多精力研究医学。这方面，他是中西医并行的。中医方面，他跟我母亲学习做气功，做了一段时间以后，感冒次数明显减少了。西医方面，他的老朋友——加州理工学院鲍林教授曾来看望他。鲍林是位化学家，拿过两次诺贝尔奖，他有个理论是老年人服用超大剂量维生素有利健康。我父亲信他，便开始服用。当时保障他健康的医生都持谨慎态度，认为剂量太大。我父亲说："我的健康我自己保障，我自己买。"

从20世纪90年代到我父亲去世，他一直服用超大剂量的维生素。国内药厂生产不了这么大剂量的维生素，正好我妹妹钱永真生活在美国，就让她定期买了寄回来。

一辈子不喜欢高朋满座

我父亲这一辈子从来不喜欢高朋满座，这一点和他导师冯·卡门完全不一样。冯·卡门不仅科研做得好，还特别喜欢社交，他每到周末一定要开家庭派对。

而我父亲20世纪50年代回国后，朋友圈就非常小，到了晚年，甚至和早先的朋友也来往很少了。但他有个学术小班底，有中科院自动化所的，有总装备部的，还有他的堂妹钱学敏教授，再加上他的秘书，连他一共七个人。他们不定期聚会，我父亲想起来了，就写信请他们来讨论问题。因为我父亲年纪大了，耳朵不好使，打电话听不清楚，所以他宁可写信。他们管这叫"小讨论班"，我父亲晚年的思考，不少都是跟他们一起讨论过的。

他一辈子最爱的是读书。有一次家里装修，我怕把书弄脏，就全部封起来了。他没说什么，但一天下来都很不高兴。我说："谁又惹您啦？"他说："你知道我一天不看书有多难受。"我赶紧认错，从一个书橱里抱出一摞书，给他慢慢翻。

他看书的面很广，而且效率很高。他有个在国外养成的习惯，看书不是从头看到尾，而是认认真真看完序言和第一章，然后翻翻中间部分，再看最后的结论，这本书的内容他就知道了。但你说他看得快吧，哪里有错字他都能指出来。

他喜欢思考问题，话也不多。但到了晚年，他性格有点变化，也知道闷了，需要有人陪伴。有一次吃晚饭，他问我妈："怎么永刚不露面，又出去了？"我妈说："永刚有饭局，请假了。"我父亲说："你跟他说，不能老不回来吃饭，以后定个规矩，不能连续两天在外面吃饭。"

母亲基本上是夫唱妇随，更多是陪着父亲。父亲看书看累了，她陪他聊聊天，也会说说文艺界的情况，父亲还会给些建议。父亲是 2009 年 10 月去世的，2011 年 12 月是他百年诞辰。母亲一直等着这一天，她在家里祭奠了父亲，到了第二年春天就走了。

（《作家文摘》2019 年总第 2270 期，摘自 2019 年 9 月 18 日《解放日报》）

金克木先生的"独奏"

·钱文忠·

第一次见金先生

金先生是在 1949 年前不久，由汤用彤先生推荐给季羡林先生，从武汉大学转入北京大学东方语文学系的。自此以后，季、金两位先生的名字就和中国的印度学，特别是梵文巴利文研究分不开了。余生也晚，是 1984 年考入北京大学学习梵巴文的，当时季、金两位先生都已年过古稀，不再亲执教鞭了。季先生还担任着北大的行政领导工作，每天都到外文楼那间狭小的房间办公。金先生则似乎已经淡出江湖，很少出门了。因此，我和同学们见金先生的机会就远少于见季先生的机会。

我第一次见金先生，是在大学一年级的第二学期，奉一位同学转达的金先生命我前去的口谕，到朗润湖畔的十三公寓晋谒的。当时，我不知天高地厚，居然在东语系的一个杂志上写了一篇洋洋洒洒近万言的论印度六派哲学的文章。不知怎么，金先生居然看到了。去了以后，在没有一本书的客厅应该也兼书房的房间里（这在北大是颇为奇怪的）甫一落座，还没容我以后辈学生之礼请安问好，金先生就对着我这个初次见面还不到二十岁的学生，就我的烂文章，滔滔不绝地一个人讲了两个多小时。其间绝对没有一句客套鼓励，全是"这不对""搞错了""不是这样的"。也不管我听不听得懂，教训中不时夹着英语、法语、德语，自然少不了中气十足的梵语。直到我告辞出门，金先生还一手把着门，站着讲了半个小时。最后的结束语居然是："我快不行了，离死不远了，这恐怕是我们最后一次见面了。"

金先生似乎更是一个"百科学"教授

但这通教训倒也并没有使我对金先生敬而远之。因为，我再愚蠢也能感觉到"这不对""搞错了"的背后，是对反潮流式的来学梵文的一个小孩子的浓浓关爱。后来，我和金先生见面的机会还不少。每次都能听到一些国际学术界的最新动态，有符号学、现象学、参照系、格式塔、边际效应、数理逻辑、量子力学、天体物理、人工智能、计算机语言……这些我都只能一头雾水傻傻地听着，照例都是金先生独奏，他似乎是从来不在乎有没有和声共鸣的。

除了一次，绝对就这么一次，金先生从抽屉里拿出一本比32开本还小得多的外国书来，指着自己的铅笔批注，朝我一晃，我连是什么书也没有看清楚，书就被塞进了抽屉。此外，照例我也没有在金先生那里看到过什么书。几个小时一人独奏后，送我到门口，照例是一手扶着门框，还要说上半小时，数说自己几乎全部的重要器官都出了毛病。结束语照例是："我快不行了，离死不远了，这恐怕是我们最后一次见面了。"我当然不会像初次见面那样多少有些信以为真了，于是连"请保重"这样的安慰套话也懒得说，只是呵呵一笑，告辞。

慢慢地我发现，除了第一次把我叫去教训时，金先生谈的主要是和专业有关的话题，还说了一些梵语，后来的谈话全部和梵文、巴利文专业如隔霄汉，风马牛不相及，天竺之音自然也再无福当面聆听了。金先生似乎更是一个"百科学"教授。每次谈话的结果，我只是一头雾水之上再添一头雾水。金先生在我这个晚辈学生的心中越来越神秘、越来越传奇了。

金先生的梵文吟唱

课堂上是多少有点尊严的，但是同学们不时也会忍不住向任课教师蒋忠新老师打听一些有关金先生的问题。蒋老师是非常严谨的，更不会议论老师。不过，被一群小孩子逼得实在过不了关，也说了一件事。他们念书的时候，主要课程由季先生、金先生分任。季先生总是抱着一大堆事先夹好小条的书来，按照计划讲课，下课铃一响就下课，绝不拖堂；金先生则是一支粉笔，口若悬河，对下课铃充耳不闻，例行拖堂。

学生是调皮的，好奇心自然会延伸到想探探祖师爷的功夫到底有多高的问题上来。班上有位姓周的北京同学，是被分配到梵文专业来的，一次课上，他提出一个蒋老师似乎无法拒绝的要求："虽说梵文是死语言，但毕竟是能够说的呀，蒋老师是否应该请季先生、金先生各录一段梵文吟诵，让我们学习学习？"蒋老师一口应承。下节课，蒋老师带来一盘带子。放前先说，季先生、金先生都很忙，不宜打扰。这是一盘金先生从前录的带子，大家可以学习。带子一放，金先生的梵文吟唱如水银泻地般充满了整个教室，教室里一片寂静。我至今记得金先生的吟唱，可是至今无法描绘那种神秘、苍茫、悠扬、跌宕……带子放完，课堂里仍是寂静。最早出声的是周同学，却只有两个字："音乐。"

这是我第二次，也是最后一次听到金先生的梵文吟唱。吟唱后，同学们都垂头丧气。我们平时练习十分困难的梵文发音时，周围的同学都来嘲笑我们，还拜托我们不要制造噪声。我们一直认为，梵文是世界上最难听的语言。现在我们明白了，为什么梵文是圣语，为什么梵文有神的地位。这是一种什么样的美啊，"此音只合天上有"，要怪也只有怪我们自己实在凡俗。

金先生的梵文吟唱真是对1984级梵文班同学学习梵文的自信心的一次美丽却严重的打击。大家不再抱怨什么了，梵文不仅不难听，相反她的美丽是那么撼人心魄，但是谁都明白了，这份彻心彻肺的美丽又是那么的遥不可及。1984级梵文班过半数同学要求转系，就发生在这场吟诵之后不久。今天的结果是，1984级梵文班近乎全军覆没了。谁也无法，也没必要为此负责，但是我相信，金先生是预见到了的。

金先生渐渐成了文化传奇

不久以后，我就到德国留学去了。一直到金先生去世，我再也没有见过他。此前，我还是一直辗转听到金先生的消息。知道他一如既往地开讲，知道他一如既往地结束。心里总有一种蔚然的感觉。有一天，听一位刚见过金先生的朋友说，金先生打上电脑了："一不留神就写上万字。"不用那位朋友解释，我就知道这就是原汁原味的金氏话语，心里更是高兴。

金先生的文章也确实越来越多，报刊隔三岔五地发表。思路还是那样跳跃，文字还是那样清爽，议论还是那么犀利，语调还是那么诙谐。金先生的名声也随之超越了学术界，几乎成为一个公众人物了。大家喜欢他的散文随笔，喜欢他的文化评论，其实也就是一句话，被他字里行间的智慧迷倒了。智慧总是和神秘联系在一起的，金先生也就渐渐成了一个文化传奇。

在公众眼里，一个学者的名声超越了学术界，有了不少传奇如影相随，那么此人浑身上下挥发出来的全是智慧，似乎也就和学术没有什么关联了，至少不必费心去考量他的学术。

每每在夜深人静寂然独坐的时候，胸间脑际都会无来由地涌上这些飘飘忽忽却勾人魂魄的问号，我的心就陡然一紧。看看窗外，夜也更深了。

（《作家文摘》2016年总第1931期，摘自《中国文化老了吗？》，金克木著，中华书局2016年3月出版）

清源先生：天堂可有更好的对手

· 刘净植 ·

　　听到吴清源先生百岁仙逝的消息，突然之间心底一空。刹那间，我被猛然拽回了十二年前那个下午，金灿灿的初冬暖阳下，八十八岁的吴清源先生走到童年故居门口的石鼓前，说："哎，坐坐，坐会儿。"他的眼睛看向远处，仿佛身处的世界不在眼前。金色的阳光斜照下来，在他面容上泛起柔和却有些清冷的光辉。导演田壮壮说，下午四点的阳光正好，朦朦胧胧的。

　　2002年见到吴清源先生，也恰是他离世的这个时候，11月的初冬。其时，田壮壮导演要拍吴清源传记电影，吴清源先生因此回到中国，踏寻故居，访亲忆旧。归乡的行程令他愉快，一家人却担心这会不会是高龄的他最后一次回国，于是除了与他形影不离的夫人吴和子，还有经纪人、助手陪同之外，长子吴信树也一同回来，他生活在北京的二哥吴景略，则全程跟随弟弟在京的行程——这让作为记者的我格外幸运，除了获得了此次唯一的跟踪采访吴清源先生的机会，还能和与他亲近的人多方交谈，得以全面地接近和了解他的人生。

对于很多人来说，吴清源先生就像是神一样的存在。然而对于记者来说，把采访对象当神却是大忌。但时至今日回想起来，我依然觉得，吴清源先生对我来说就是一个神一样的存在——这在我的职业生涯中还真是绝无仅有。

他是人，但异于常人。

他相貌清奇，令人一见不忘，长着一对中国民间传说中作为异人标志的垂珠大耳。清寂的面容常常看起来像入定的高僧，和他对话、闲谈似乎是一件很困难的事。当我第一次站到他面前，他的眼神很快从我头上飘过时，我便明白，其实没有跟他介绍我的必要，我不在他那个世界里。

其实有多少人在他的世界里呢？满满一屋子人围坐他身边时，旁人和他说什么其实并没有特别大的意义，因为先生不做回应、不谈任何世俗的话题，偶尔开口，便是一两句哲语，关乎"和"或者"新棋局"。或许很多人会以先生多年前遭遇那场车祸的后遗症来解释他与常人的难以沟通，但是天才的世界你别猜，他的世界常人不懂，又何必非让他必须融入我们的世界呢？至少，在我短短两天的观察中，并不认为先生精神有问题，他其实思路很清晰。"他认为浪费时间。"有时，他的助理牛力力会这样解释他为什么不做很多世俗的事情。

外界唯一能和他的世界连上关系的，大概就是围棋吧。先生所到之处，总有业内外的崇拜者向他讨教围棋，然而没有人跟得上他，他摆棋谱的速度太快了，一手抓五个子，左右都能下，"哗"一出手铺出去好几手棋，旁边的人早傻了。

他给人讲新棋局的布局，人们听得毕恭毕敬，不管懂没懂先频频颔首，他的二哥吴景略却在旁边摇头："他有那个实力，可以那样布局，我们不行，保不住的。"

吴家三兄弟从小一起学棋，大哥二哥也是围棋高手，但是吴景略说，跟大哥下棋还知道他为什么那么落子，跟自己弟弟下则完全不知道，所以他下不过吴清源："这就像打仗一样，你不了解来兵的意图，还怎么打？"

日本作家江崎诚致曾经形容，如果说当今的围棋高手的棋艺是一次元的话，那么吴清源的棋艺就是三次元的。他的经纪人寺本忍则认为，"吴先生是四五百年难得一遇的天才，以后是否还有这样的天才还很难说"。他的世界，和我们差着维度呢，怎么沟通？

非常崇敬吴清源的金庸，曾经说自己《笑傲江湖》中的世外高人"风清扬"便是以吴清源为原型，对此吴先生的回应是："我从来不看武侠小说。"其实，风清扬终归还是俗世之人，他的隐逸是看破人生的隐逸，一次元世界的人，终归难以想象三次元的世界。

或许只有他和夫人和子在一起的时候，吴清源先生看起来才不那么像神吧？耄耋之年的夫妻都瘦瘦小小的，形影不离，走在外面的时候，两人还会紧紧依靠相互搀扶，那是一对寻常夫妻的依赖和幸福，却也是少见的神仙眷侣。

和子夫人谈起先生就是一脸的幸福，当年她第一次听父亲谈起吴清源，便觉得"父亲看上的人一定不会错的"。成亲之后，她一直把吴清源当作宝贝，照顾了一辈子。至今我还记得夫人特别有成就感地告诉我，当年先生和作家川端康成是好朋友，两人都十分瘦弱，于是川端康成和先生打赌：谁的体重先到四十五公斤以上，就要请客好好庆祝一番。结果婚后和子夫人把吴清源先生照顾得很好，他的体重上升了，川端康成为此上门"讨债"。说到这里，夫人的眼睛笑得弯弯的，满是光彩。

和子夫人说，当年吴清源先生光芒四射，上门说媒的人很多，之所以选择了她，是因为她的名字好。夫人名为"中原和子"，"中原"让吴先生想起自己的祖国，"和"却是他毕生追求的精神境界。去国离乡的吴清源，祖国曾是他心中最重的结，他在日本纵横棋界把高手纷纷挑于马下之际，正是日本侵略军铁蹄蹂躏中原之时。他被国人骂作汉奸，被日本极端分子恐吓，那种内心的寂寞与痛苦，当时的人难以理解，时隔多年听他的家人谈起来，才让我们触摸到天才内心最为可感的部分。

十二年前的那个下午，和子夫人这样结束与我的谈话："今年我们结婚正好六十年，在一起六十年也没有厌烦，还没有够，还要继续下去。"那句话，在场的人无不为之动容。然而，然而和子夫人终于在2012年——他们结婚七十年之际撒手先去了。看到那个消息的时候，我曾担心：天使离开了，天才怎么办呢？

如今，他也离开了，天上有和子夫人再与他共度人生，他应该很开心吧？

又想起那个下午，吴清源先生坐在那个他小时候总是觉得很高的石鼓上，喃喃地对着我说，胡同东西两头原本有两匹马，是对面汪律师家养的。他的眼睛望向远处，仿佛现实的世界不在他眼前。我傻傻地站在他身边，想：他是对我说的吧？那这是他唯一对我说过的话。

（《作家文摘》2014 年总第 1791 期，摘自 2014 年 12 月 2 日《北京青年报》）

我所认识的杨振宁先生

·李昕·

我和杨振宁先生算是有一点缘分：首先，他和我都是清华园的子弟，父辈都在清华任教；其次，我们的家都曾在清华西院；再次，我与他上过同一所小学；最后，我和他是同一天生日。关于最后这一条，一次见面时我谈起这个巧合，杨先生笑笑说："你是指的 10 月 1 日吧？我通常对人那么说，是为了把生日和国庆节一起过比较省事。"我说："这我知道，我的生日是 9 月 22 日"。杨先生点点头，很认真地说："这个日子是对的。"当然，真正与杨先生交往，还是得从我为他编书说起。

一

2005 年，我在网上看到一条关于杨先生的访问记。当时，杨先生和翁帆结婚不久，很多记者关注他们结婚后的生活怎样，翁帆在干什么。杨先生说："翁帆的英文很好，她在给我做翻译，我原来一些文章是用英文写的，自己也没力量去整理，现在翁帆帮助我翻译成中文。"我当时就想，这可能是一本新书。

我马上打电话和杨先生联系，告诉他三联书店愿意把翁帆的译文编成书出版。杨先生愉快地答应。我对杨先生说，这本书可以署名"杨振宁著，翁帆编译"，作为两人合作的成果。杨先生听了很高兴。

编辑这本书大约用了两年时间，杨先生的严谨和认真给我们留下了深刻的印象。虽然是一本散文随笔集，但是杨先生完全是以编辑科学论文的态度来工作的。他在每篇稿子上都加上了只有他自己看得懂的科学符号，然后告诉我们，书稿的目录和次序是他亲自编定的，不可以随意调换。对于文中，某个词应当如何翻译，他会与翁帆再三讨论，反复斟酌。

杨先生把这本书定名为《曙光集》，用翁帆的话来说，这本书记录了"二十多年间振宁的心路历程——他走过的，他了解的，他思考的，他热爱的，以及他期望的一切"。为什么用这个书名？杨先生解释说："幸运地，中华民族终于走完了这个长夜，看见了曙光。我今年八十五岁，看不到天大亮了。翁帆答应替我看到。"这就是"周虽旧邦，其命维新"的情景。可见，这本书中寄托了杨先生多么深厚的家国情感。

有一次，杨振宁先生来电话约我们去清华高等研究院，他和我们商量，说台湾记者江才健写了一本关于他的传记，题为《规范与对称之美》，这本书在台湾出版过，他说很希望这本书有大陆版本。我们表示，看看书再做决定。

我们几位编辑都看了一下，发现此书虽然是杨振宁的完整传记，但全书的重点，显然是放在"杨李之争"上面。杨振宁和李政道失和在专业圈内早已不是秘密，但是他们之间的争论，毕竟还没有在大陆的大众出版物中公开化，所以我们把书稿退给杨振宁先生。那一次，杨先生显然对我们非常失望。

到了2010年，情况有了变化，季承出版了一本《李政道传》，据说，也是经过李政道先生本人审定的。书中涉及"杨李之争"，强调在获得诺贝尔奖的研究中，李政道做的贡献比杨振宁还大。这时候，我感觉到杨先生一定有话要说，而且舆论界也需要有杨先生的声音。2011年9月，三联出版了华中科技大学教授杨建邺写的《杨振宁传》。

二

这里要专门说说"杨李之争"。杨李二人是1962年分手的，本着"君子绝交，不出恶言"的原则，在一段时间里，他们两人都曾对分手的原因守口如瓶。杨先生说，1962年以后，他有一个原则，就是除了家人以外，不和任何人谈论他与李政道先生的关系。

但是1979年，杨先生在欧洲一家图书馆，偶然发现李政道1970年的一篇演讲录，题目是《弱相互作用的历史》，这篇文章回顾了李和杨在获得诺贝尔奖的关键研究中的合作，却很少提及杨振宁在其中的作用。这种表述引起杨先生的不满。后来，杨先生在1983年出版的论文选集中，在一篇论文的评注里提到了李先生这篇文章，致使两人的争论从此公开为业内所知。关于这场引来物理学观念重大突破的研究究竟是谁主导，外人无法置评。但是，从两人各自叙述的合作过程来看，有一点是毫无疑问的，就是他们曾经互相激发灵感，互相促进思考，共同完成了一项伟大的科学发现。即使在两人发生争执的时候，李先生也没有否认，杨先生"天赋具有高度评判能力的头脑""是一位出色的物理学家"。而世界闻名的理论物理学家戴森则直接推崇杨振宁先生是继爱因斯坦和狄拉克之后，为20世纪物理学树立风格的一代大师。

为什么戴森可以把杨先生提升到这样的高度来评价？那就显然不仅仅是因为杨李合作，杨先生还有更为重大的科学成就，那就是他早在1954年，就和米尔斯提出规范场理论。这项理论虽然也是两人合作，但是根据米尔斯的回忆，明白无误是由杨先生主导的。所以1994年，美国富兰克林学会向杨先生颁授"鲍尔奖"，明确指出，杨先生的规范场所建立的理论模型"已经排列在牛顿、麦克斯韦和爱因斯坦的工作之列，并肯定会对未来几代人产生相类似的影响"。

对于此事，我所知甚少，头一次听说，还是邓稼先夫人许鹿希讲的。在我们举办的《曙光集》出版新书发布会上，许鹿希先生特地赶来，做了一篇热情洋溢的讲话。其中有这样一段：

邓稼先对于杨振宁先生在学术上的造诣十分推崇。他多次对我和朋友们说："如果不是诺贝尔奖规定每人只能在同一个领域获得一次的话，杨振宁应当再获得一次诺贝尔奖。你知道不，Yang-Mills 场，就是规范场，对物理学的贡献还要基本，意义还要深远。"

三

　　杨振宁先生从 2004 年以后叶落归根，定居北京清华园内。他以大师的身份，经常参加各种活动，举办讲座，面对媒体。他极为关心社会事务，关注中国的现实问题，但是，当他发表见解时，常常会惹来争论。

　　杨先生被一些网民批评，很重要的原因在于他的言论总是为中国辩护。有人认为他的言论是为了取悦某些人，进一步说，是一种投机。但是这些人可能并不了解，杨先生的爱国，是爱到骨子里的，而且是一贯的，永远不变的。

　　我在与杨先生的接触中，无论谈论什么话题，他都从不回避，敢于直言。这可能和他作为科学家的思维方式有关，他不喜欢绕圈子。当然谈论中国的社会现实，不免会涉及阴暗的方面，杨先生并不否认问题的存在，但是他对未来总是抱有信心。

　　杨先生习惯性地为中国的进步而辩护，已经成为他性格的一部分。1971 年，杨先生作为第一位归国探亲的美籍华人科学家，受到毛泽东和周恩来的接见。回美国后，正值保钓运动在留美学界兴起，杨先生在保钓学生中发表题为《我对中华人民共和国的印象》的演讲，轰动异常。尽管杨先生身处那个时代，宣传新中国，不免带着"左倾思潮"的印记，但他的一片赤子之心，是感人至深的。我看过当年台湾赴美留学生写的回忆录，谈到杨振宁先生在保钓运动中的影响力，征服了许多台湾学生。统计数字表明，当时的台湾留美学生竟然多数表示自己学成后要到中国大陆工作定居。

从那时起，杨先生"力挺中国"的立场从未变过。或许，他也有局限性、片面性；或许，在复杂的时代背景下，他的某个观点不免带有几分"天真"。但是，你不应该怀疑他的真诚。

四

有关杨先生最多的议论，恐怕是集中在他和翁帆的婚姻上面。

的确，两人年龄相差五十四岁，悬殊了一点。他们年龄差距，不在于翁帆的年轻，而在于杨先生的"年老"。八十二岁的确是高龄了，但是人的年轻和年老，重要的在于心态。我和杨先生有过多次近距离的接触，谈天之中，根本就感觉不到他的年龄。翁帆也说过类似的话。翁帆说，她和杨先生是一对非常好的朋友，共同语言很多，因而生活中的乐趣也很多。就身体状况来说，杨先生体力甚好，八十二岁时和翁帆两人逛公园，还一起骑双人自行车，杨先生在前，翁帆在后，一路拉风，欢快异常。如今，他们已经结婚十年，杨先生九十二岁，还是精神矍铄，思维敏捷。

当然，更重要的是他们心中有爱。报纸上常常介绍，说他们出席各种活动，永远是同出同入，手牵着手，而且"十指相扣"。作为见证人，我可以证明记者所言非虚，而且我还要说，假如你看到他们就会明白，这个动作绝不是刻意的，而是自然而然的，发自内心的，以至成为一种习惯。

除此之外，鉴于自己和杨先生夫妇的亲身接触，我还能体会到他们之间那种更为深切的相互依恋。他们在一起时，吃饭、谈话时的那种互动，表情的交流，眼神的交换，都的的确确可以使你感觉到那种相互体贴的温情。翁帆对杨先生关爱备至，细心至极。吃饭时，她总是挑选适合杨先生食用的菜品，夹到杨先生的碟子里；如果是吃虾吃蟹，翁帆会亲自剥掉虾和蟹的硬皮，把虾肉和蟹肉给杨先生食用。平时在家里，翁帆会安排好杨先生的作息和饮食，亲自煲汤煮粥，帮助杨先生调理好身体。结婚十年，杨先生身体依然健朗，翁帆功莫大焉。

（《作家文摘》2015 年总第 1818 期，摘自 2015 年 3 月 2 日、3 日《晶报》）

先生吴冠中

·钟蜀珩·

这个老师真不一般

我与先生相识于 1965 年，这一年我十九岁，从中央美术学院附中毕业，考上了中央工艺美术学院装潢美术系，在书籍装帧专业学习，吴冠中先生教授我们班一年级的色彩写生课程，从此我与先生结下了师生缘。

当时，吴先生给我们班第一次上色彩人物写生课，他并没有安排我们画人物头像，而是画人物全身像。我画的是一位站立的男模特，五十来岁，留着农村老汉那种头发很少的光头。吴先生让模特脖子上搭一条白毛巾，一只手臂撑在腰部，另一只手伸开握着一根木棍，看上去像是握着铁锹的农民。他强调主要抓对象不同色块之间的关系，不要求细部刻画。明白了老师的要求，用不着用水粉颜料去刻画头部，我一下感到轻松了。我很快就画完了，吴先生来到画架前，看后笑着说："画得不错。"

1965年期末，我们停课了，为石油工业部宣传大庆工人事迹展览画展图。忽然有一天，系领导组织装潢系老师到工作现场看望我们，其中也有吴冠中先生。他走到同学正画的一幅油画前，这幅画不到六十厘米大小，竖构图，记不清先生从哪部分开始接着画的，但清楚地记得画面的雪地中矗立着一个钻井架，井架伸向银灰色的天空，穿着深灰棉衣、戴着帽子的石油工人蹲在钻井架上工作，色调以黑白灰为主。这是我第一次见吴先生作画，他全神贯注，准备画工人脸部的时候，突然激动地说："在冰天雪地中，石油工人的脸冻得很红很红！"

我期待看这"很红很红"会是多么红，只见先生用一厘米左右宽的油画笔，在调色盘上很饱满地蘸了未做任何调配的纯赭石色，激动地一笔按上去，非常肯定有力地点出了石油工人的面部。在大面积黑白灰的色调上，这一笔赭石色真是被对比得很红了，而且浓重沉稳，让整个画面立刻精神起来！当时觉得这个老师真不一般，把握画面和色彩非常主动自信，而且特别有艺术激情，很能吸引学生。

"你看像不像孔雀开屏"

一年级下学期，我们没上多久基础课，"文革"就开始了。直至1970年，全院师生员工下放到河北获鹿县（今鹿泉市）

李村一五九四部队农场劳动锻炼。

先生每次提着粪筐画架画画归来，都会把画在板子上（在李村买的小黑板）的画立放在房东家的屋檐下，同学们闻讯立刻跑过来看，微型小画展于是开始了，每次新作都会给大家一个惊喜。其中，我特别喜欢的有《高粱与棉花》《瓜藤》和《房东家》。先生取材自然平凡，画出来却非同寻常。从金黄色的麦田到红绿高粱地，再到结着朵朵白絮的棉田，从村景进入农家院落，从盛开火红花朵的石榴树，到挂着黄花带着茸毛、刚刚结出小小果实的碧绿瓜藤，还有饱满鲜亮、橙色白色的南瓜，甚至装着绣花鞋帮和剪刀的针线筐箩，他都热爱，都能捕捉到它们感人的美。

在李村，1972 年是不平凡的一年。由于宽松了，可以画画了，同吃同住同劳动的师生们朝夕相处，大家就有了一起谈艺术的机会。只要吴先生在场，常常会听到吴先生谈一些看法。例如，他说：中国人物画当属陈老莲第一，陈老莲的人物造型有量感美（“量感”一词是西方现代艺术常用的表达美的词语）；潘天寿的画了不起，他的国画构图讲究空间分割，与众不同，和蒙德里安研究的抽象造型理念不谋而合，有自己独特的风格。对于画的好坏，他善于单刀直入地讲出长处、短处之所在。

多年后，有一次看到百雅轩印制的仿真印刷品《高粱与棉田》，我对先生说我非常喜欢当时他在李村画的这幅画。先生说："你知道地边的一排高粱为什么能打动我？"我有些发愣。先生说："你看像不像孔雀开屏？"我一看真是呀，当时明明面对的是一排普普通通的高粱，先生却不受物的局限，看到它不一般的抽象造型和动势特点，联想到孔雀开屏的势像，又通过想象强化了这种美的表现，所以才画出这么动人的画。

"我是老母鸡，带着你们这群小鸡觅食"

1973 年离开李村，告别了母校和老师，我被分配到云南工作，在昆明师范学院艺术系任美术教员。1978 年，吴冠中先生在云南省文化局画家姚仲华、孙景波等的安排陪同下，先到云南圭山、西双版纳写生，而后又至丽江写生。

令我十分感动的是，吴先生在昆明这么忙，我把带学生下乡的写生、自己平时在昆明的写生，还有一些在云南的创作，都取出来请先生指教。先生看我画了不少画非常高兴，一张张认真看过后，挑出他认为好的几张，大都是快速抢抓下来的感受鲜活的写生，他主要从画面构图和形式关系上进行肯定或批评。之后，先生鼓励我一定争取考研的机会，我也下决心克服种种压力和困难，报考吴冠中先生的研究生。

读研期间最重要的一次课程，是 1980 年和吴冠中老师一起到江南写生。带同学们外出写生，他总能从自然生活中寻觅到美的形式。无论在苏州还是角直都是如此，哪怕一扇木窗棂、一棵小草的影子，都逃不过他敏锐的双眼。我常见他在路途中随时将这些来自生活中的例子写在小本子上。他告诉我这都是他将来讲"抽象美"时有说服力的例子。"我是老母鸡带着你们这群小鸡觅食，告诉你们哪些好吃，哪些不好吃。"今天回味这句话的深层意义，是他发自内心对美育职责的担当，也流露着他对学生深厚的情感。

吴先生还有一个令我十分感动的习惯。我发现他每隔一星期左右就会给师母朱碧琴写一封信。我说："吴先生，您对师母就像年轻的恋人一样，多好啊。"先生很认真地对我说："我一定得让她了解我在外边的情况，要不她就会挂念我了。她这个人非常善良，一辈子为我做牺牲……"我听后对先生更加敬佩了。

2017年10月，我的"寻归自然——钟蜀珩绘画作品展"，有幸成为中国美术馆学术系列邀请展之一，这是已经古稀之年的我首次举办个展。在撰写展览《自序》时，我流着热泪写道：

此刻我十分怀念恩师吴冠中先生，我多么希望他来参观展览批评指导，但先生已去，再无可能。

（《作家文摘》2019年总第2289期，摘自《作品》2019年第11期）

记华罗庚生命的最后时刻

·刘周岩·

1985 年 6 月 3 日,华罗庚率助手计雷、陈德泉等一行八人乘机赴日本。这次访问筹划了许久,原本定于 1982 年就去,因为改革开放后各国邀请热烈而推迟了三年。许多外国同行对华罗庚的印象还停留在半个世纪前那个英俊的、一心钻研数论问题的剑桥天才,而他这时已是七十五岁的老人了。

精通煤矿的数学家

据同行的计雷教授回忆,华罗庚到日本后的行程非常顺利,尤其是重头戏准噶尔煤矿报告会。准噶尔煤矿是由日本政府带团建设的,华罗庚作为规划顾问,把煤矿规划讲得十分具体,如何把一千五百万吨产能建设出来,产煤之后要怎么运输、电力如何规划、城镇要做怎样的城市规划……甚至还考虑到煤矿工人大多是男性，如何能够协调当地性别比例的问题。报告结束，十分成功，准噶尔委员会的负责人非常高兴，说以后只要是华罗庚小组论证的他们都通过。

仅凭这个报告甚至看不出华罗庚还是一位数学家——和绝大多数国外同行不同，华罗庚后半生以应用数学为工具，大量参与工业建设的实际事务。此前在美国访问时，华罗庚在去小石城的路上靠空气中的气味嗅出造纸厂的存在，又推断该地的盐碱化现象，就让书斋中的美国数学家们震惊不已。

早在 1977 年，华罗庚就开始接触煤矿。他和学生计雷曾在山西大同的运煤车站用数学方法小试牛刀。这是全国最大的运煤车站，负责邻近九个矿的运输任务，老大难问题是一百万吨煤运不出去且自燃，而北京冬季恰恰严重缺煤。要解决的无非上水、除灰、加煤三排队问题，这是可以用统筹方法作数学优化的典型案例。华罗庚团队设计了一个改进方案，使日装车辆从原来的七百多车增长到一千五百车，整整翻了一番。

此后，华罗庚又多次指导矿企建设。1982 年，万里找到华罗庚，希望他从微观过渡到宏观，为国家长远规划做些工作。华罗庚的答复是，他需要先打基础，清除信息、数据中过量的水分。此后，他又带领学生们安排大范围的国民经济优化理论研究，参与到两淮煤炭十五年发展规划、准噶尔煤矿规划中，这才有了这次日本访问。

一直处在高度兴奋状态中

访日前，华罗庚的身体状况很不理想，有过三次心肌梗死，但他对这一次访问十分期待，坚持前往。从 6 月 2 日准备动身后，他一直处在高度兴奋的状态中，到 12 日他还剩最后一项任务，即在东京大学向日本数学界做一个报告。

准备报告时，助手们察觉到了一些反常。原本他们都认为主要任务已经完成，最后的报告只是走个形式，再重复一遍华罗庚此前在世界教育大会上做过的关于应用数学的一个题目即可。可最后两天，一向热衷与各界人士交游的华罗庚却谢绝了许多社交活动，专心闭门准备起演讲来。

6 月 11 日晚间，他一直准备到深夜。他已决定改变内容，要在报告中回顾自己这一生。计雷说当时华罗庚的这个想法就让他感到"不舒服"，但也不好说什么。因为体力衰竭，华罗庚试着写下提纲，字迹歪歪扭扭无法识别，于是改为口述，让自己的儿媳同时也是随队医生的柯小英以年代为经线，理论、普及两类工作为纬线，详细记录自己走过的数学生涯。

以前，华罗庚的态度一向是"好汉不提当年勇"，甚至学生王元提出写传记时，华罗庚建议整个童年部分干脆可以跳过。可他的故事却一直为人们津津乐道。因为家贫，华罗庚初中毕业后就辍学去家里的杂货铺帮忙了，对数学的痴迷让他很快为人注意，曾经的中学老师等人也尽力帮助他。虽然具体的知识不足,华罗庚总能以非常初等的方法创造性地解决许多问题。二十岁时一篇《苏家驹之代数的五次方程式解法不能成立之理由》让清华大学数学系主任熊庆来注意到他,破格招他进入清华大学图书馆担任馆员,做一份工的同时系统学习数学知识。一项项轰动国际数学界的成果诞生后,初中学历的华罗庚二十七岁即在清华大学取得正教授资格。抗战期间,华罗庚曾用一顿饭的工夫帮中国军队破译了日军的一组密码,又因享誉国际的研究成为第一位被民国政府嘉奖的数学家,那时他就已经是家喻户晓的天才了!新中国成立时,正在美国伊利诺伊大学担任全职教授的华罗庚选择回到祖国。

把自己几十年的工作回顾一遍之后,11日晚间的华罗庚处在高度亢奋的状态,服用了安眠药后才勉强睡下。

最后一句话是"谢谢大家"

6月12日下午两点,华罗庚坐在轮椅上参观了日本学士院并会见数学界院士。他送给日本院士们的书,不是高深的数论作品,而是其近著《华罗庚科普著作选集》。下午四点,在日本数学学会会长小松彦三郎的陪同下,挂着拐杖的华罗庚在掌声中步入东京大学报告厅。

演讲一开始,华罗庚用中文讲,翻译译为日文,节奏不温不火。逐渐地,华罗庚越讲越投入,一些提纲之外的专业数学名词超出了非数学专业的译员的能力。华罗庚向台下的日本数学家们临时提出，可否直接用英文演讲——1937 年至 1939 年，华罗庚在英国剑桥大学跟随数学大师哈代度过了自己在数学上的关键性两年，他的英文相当熟练，听众们一致同意。

华罗庚改用英文后，就不受大纲的局限畅快地讲起来了。不久就满头大汗，干脆从座位上站了起来，脱掉西装外套，过一会儿又解下了领带，甚至挥舞起手中的拐杖如同教鞭。华罗庚骄傲地谈到"文革"前后开始的他最为知名的工作，即在全国推广"双法"——优选法和统筹法；除了西藏、青海等地医生坚决不允许他去，台湾尚未回归，其他每一个中国省区他都到过了。他和学生们"到了上万个工厂"，"每到一省听众就有十几万人，应用范围遍及各行业，在实际中培养了一批骨干"，"四川省普及推广双法四个月时间的经济效果就是二亿三千万元"……

原定四十五分钟的演讲时间到了，华罗庚意犹未尽，经向大会主席申请，又讲了近二十分钟，他把重点放在 20 世纪 80 年代以来的工作，尤其是对经济问题的思考。演讲结束，他最后说了一句"谢谢大家"。

在暴风雨般的掌声中，华罗庚坐了下来，他的朋友白鸟富美子女士手捧鲜花向讲台走去。就在这时，华罗庚突然从椅子上滑了下去。大家惊叫着去扶他，但他紧闭着双眼，面色由于缺氧而呈紫色，已经没有了知觉。

尽管日本医生不间断进行抢救，一度还发生医生晕倒事件，但终因华罗庚心脏坏死面积过大而无力回天。当晚十点左右，东京大学医院宣布华罗庚去世。

华罗庚去世的消息传出后，无数唁电和信件涌向全国政协和中国科学院，其中大量来自他生前去指导过的工厂、农场、部队和村镇。

（《作家文摘》2019 年总第 2294 期，摘自《三联生活周刊》2019 年第 39 期）

王瑶先生的九句话

·钱理群·

相比学术语言的严谨、简约，王瑶先生的私下谈话是最具特色的，采取的是"王瑶式"的表达方式，充满幽默、机智，常出人意料，又入木三分，发人深省。但又点到即止，全看听者有没有悟性。

先生给我留下了十四句印象深刻的话，有九句是可以说的。首先是对我的四次教诲。

1978 年我入学不久，他跟我说："钱理群，我知道，你已经三十九岁了。年纪很大了，你急于想在学术界冒出来，我能理解你的心情。但是，我劝你要沉住气。我们北大有一个传统，叫作'后发制人'。有的学者很年轻，很快就写出文章，一举成名，但缺乏后劲，起点也就是终点，这是不足效法的。北大的传统是强调厚积薄发。你别着急，沉沉稳稳做学问，好好地下功夫，慢慢地出来。一旦出来，就一发不可收拾，有源源不断的后劲。"

我研究生毕业，留校当先生助手的 1981 年，先生专门找我谈话："钱理群，你现在留校了，处于一个非常有利的地位。因为你在北大，这样，你的机会就会非常多，但另一方面诱惑也非常多。这个时候，你的头脑要清醒，要能抵挡住诱惑。你要心里有数，你主要追求什么东西，然后牢牢地把握住。""要拒绝诱惑，牢牢把握自己所要的东西。"

在担任助手期间，先生对我的教诲反而不多。一次在闲聊的时候，王先生突然对我说："钱理群，我跟你算一笔账。你说人的一天有几个小时？"

当时我就蒙了，只得随口回答说："二十四小时。"先生接着说："记住啊，你一天只有二十四小时。你怎么支配这二十四小时，是个大问题。你这方面花时间多了，一定意味着另一方面花时间就少了，有所得就必有所失，不可能样样求全。"秃头秃脑地讲了这一句，就不再说了。我就反复琢磨王先生的这句话，我觉得这是对前一句话的补充与延伸，他是在提醒我："你要在学术上有所成就，必须要有付出，甚至有所牺牲，不能样样求全。"

最后的教导，是王瑶先生逝世之前，留下的遗训。那时形势非常紧张，大家都有点惶恐不安。先生就说："你们不要瞻前顾后，受风吹草动的影响，要沉下来做自己的学问。"有人问："我们下一步该怎么办？"先生回答："不要问别人你该怎么办，一切自己决定，一切自己选择。"说完这些话不久，先生就走了。

第五句话是关于他自己的选择。有一天，王先生突然对我说："我现在老了，无论做什么事，都是'垂死挣扎'，什么事也不做呢，又是'坐以待毙'。——与其'坐以待毙'，不如'垂死挣扎'！"说着就哈哈大笑起来。

我听了却为之一震，立即联想起鲁迅《野草》里的"死火"的两难：或者"烧完"，或者"冻灭"，而最后的选择也是："那我就不如烧完！"

第六到第九句话，都是谈知识分子的。第六句话是："知识分子，他首先要有知识，其次，他是分子。所谓分子，就是有独立性，否则分子不独立，知识也会变质。"——关于"什么是知识分子"，有过无数的讨论与争论，王瑶先生寥寥数语，就讲清楚了。

有一次，王先生突然跟我谈起当代的一些知识分子的表现来。这是很少有的，因此，给我留下了特别深刻的印象。

王先生说，某些知识分子看起来很博学，谈古说外，其实是"二道贩子"：对外国人贩卖中国货，又向中国人贩卖外国货，贩卖而已。

王先生又说，还有些知识分子，很聪明，开始时也用功，在学术上确实做出了一些成绩，取得了一定的学术地位。然后，就吃老本，不再做学问了。而是到处开会、演说、发言、表态，以最大限度地博取名声，取得政治、经济的好处，这就成了"社会活动家"了。但也还要打着"学者"的旗号，这时候，学术就不再是学术，而成了资本了。当年的研究，不过是一种投资，现在就要获取最大的利息了。

今天的中国学术界，这样的"二道贩子"，这样的"社会活动家型的学者"，恐怕是越来越多了，我因此而不能不感佩王瑶先生的"毒眼"和远见。同时也时时警诫自己：不要做这样的"伪学者"。

王先生关于知识分子的第九句话，现在已经几乎是社会流行语了："不说白不说，说了也白说，白说也要说。"我记得王先生先是在私下里和学生、朋友说，后来，在政协会议上一说，就传开了。

我给他做助手时，王先生还说："钱理群，我让你做我的助手，你知道你的工作是什么吗？现在这个时代，你要是不动，人家就把你忘了，你就负责在外面帮我晃来晃去，表示王瑶的存在。"我当时非常震惊，心中悲凉，先生太聪明，看得太透。

（《作家文摘》2014年总第1735期，摘自2014年5月8日《东方早报》）

我与林庚先生的交往

·吴霖·

1993 年的拜访

1993 年 8 月 18 日，我骑着车，径直冲进燕南园。按响门铃，便看到纱门后林庚先生稳稳地走来。

他的房间，出乎意料的整洁。在访问过诸多文化老人的家几近一致的零乱和丰富后，我更加惊异于这里的一丝不苟和简洁。有玻璃门的书架上，书籍分门别类，整整齐齐地按套排列着。没有玻璃门的书架，则用大透明纸罩了起来。地板上一尘不染。墙上挂着林夫人的遗像，很年轻的样子，安静平和。林先生说自己一个人独立生活，有一个上大学的外孙与他暂时同住。另一间屋子里，果然传来活泼的谈笑。林先生坐在旧圈椅中，谈诗。

年轻时，林庚先生是名震一时的诗人，写自由诗，属现代派。正春风得意时，他却突然宣布要放弃写自由诗，而要开始探索写新格律诗。为此，他的好友戴望舒很是不解，先是劝说，后来还吵了一架。林先生当时认为，新诗的出现，是一场革命。革命过后，应考虑建设。而自由诗，始终面对白话散文的压迫，以致无法自拔。所以新诗须有一种形式，才能区别于散文。自此，他开始了艰苦的独自探索。

20世纪20年代末，林先生考入清华，先读物理，后读中文。1933年毕业，留校任朱自清先生助教。后因酷爱写作，翌年春，他跑到上海，想当职业作家，当然，这仅仅是诗人的一厢情愿，不久美梦即醒。他打道回京，在诸高等学府辗转任教，抗战爆发后，任教于厦门大学，著《中国文学史》，被朱自清评价为国内三部最有影响的文学史之一。另两部，为郑振铎与刘大杰所著。

自1947年始，林先生北归应聘于燕京大学，遂迁居燕南园。他是这里的"元老"居民。他爱燕南园。

1954年，林先生在旧著的基础上，写出了《中国文学简史》上册。然而，下册却因以后接踵而至的政治运动不得进行。现在，这成了他最大的愿望之一，但他也终于老了，虽然思路尚敏捷，但手发颤，写字困难。所以，要完成几十万字的巨著，当须有极大的毅力。林先生已有了初稿，他希望能在年末改毕。

1996 年的再见面

我 1983 年毕业分去北京，在那里生活了多年，后来奉父母之命南归。回到上海的第一个夏天，溽热难受至极。直到有一天，邮递员送来厚厚的一件纸包，打开一看，原来是林庚先生寄来的一本书——他最新出版的长达六十多万字的《中国文学简史》。读着他精辟而优美清新的文字，仿佛酷暑顿消。

回到上海之后，我与林先生每年仍互通音信，除了请安，我还简略地问学。比如，因为我也喜欢旧体诗，林先生在 1996 年 11 月 11 日的来信中，应我的请求抄录过四首早年所作的旧体诗词给我。

那时，我们会在新年互致问候，林先生给我的总是一张贺年明信片，称呼永远是"吴霖君"。林先生那时也还在写一点诗，有一次，他还曾特意把一首新作抄在一张硬卡纸上，放在信笺里寄给了我。

1996 年 11 月 24 日，我又在燕南园与林先生见过一次。为什么日子记得如此肯定、清晰？因为，那时我在摊上买到一本林先生早年的著作《诗人李白》，为 1956 年 8 月古典文学出版社初版、1957 年 9 月第四次印刷的版本。关于此书，后来林先生在信中曾告诉我，此书书稿和《中国文学简史》为文怀沙先生为"新文艺"（上海文艺联合出版社）所约，书名的书法也是文先生所写的。

　　林先生就在那一次见面时，在我带去的这本《诗人李白》的扉页签了名并留下了时间记号。为写这篇补记，我在书架上找到了此书，发现其中夹着两页北京大学的信笺纸张，是我的笔迹，这应该是我当天访谈的速记。那天，他告诉我，他发表的第一首新诗，是《夜》，发表在《现代》杂志。他在上海的住处，是在愚园路上。而愚园路，离我现在的居处，咫尺之遥……

　　（《作家文摘》2018年总第2176期，摘自2018年9月13日《北京晚报》）

向施蛰存约稿琐记

· 曹正文 ·

编"读书乐"结识施老

认识施蛰存先生，是在 1985 年参加上海出版社的一个会上，施老当时已八十岁，四方脸，高鼻阔口，双目很有神采，只是耳有点背。后来，我执编《新民晚报》"读书乐"专刊，想约施老写一点自己读书的经验，便登门拜访。

施蛰存的寓所在愚园路上，他的书斋兼卧室沿窗靠马路，到处放着书，八十三岁的老人听觉不太灵敏，但说起话来声音很洪亮。我从他谈话中得知，他在前几年刚战胜了一次癌症，病愈后更加勤奋写作，除了研究碑帖，写《水经注碑录》，还写了一本《唐诗百话》。

施蛰存是民国文学中有影响的人物，他生于 1905 年 12 月

3日，浙江杭州人。据他说，他在八岁时随家迁居松江，十七岁考入杭州的之江大学，十八岁到上海，转入上海大学，后来又在大同大学、震旦大学读书。他说起自己二十一岁读书时与同学戴望舒、刘呐鸥创办了《璎珞》旬刊，一个月出三期，我便向施老询问："璎珞是什么含义？"施蛰存淡淡一笑说："我当时对印度佛教很感兴趣，璎珞是印度佛像脖子上的一种美丽装饰，璎珞的寓意是'无量光明'，我们当时年轻人都向往光明，故以此作刊名。"

据施蛰存回忆，他大学毕业后，先在松江一所中学当教员，后来去书店当编辑，并参加了《无轨列车》《新文艺》两本杂志的编辑工作。当时任现代书局的两位老板洪雪帆与张静庐考虑出版一份不冒政治风险的纯文学杂志，经过多方寻觅，便选择了施蛰存，因施蛰存有过两年编杂志的经验，而且敢作敢为。

二十五岁的施蛰存开始独立主编《现代》，他说："我的选稿标准不以个人好恶来评判稿件，只要有文学价值与独立见解的文章都可以刊登。当时批评过我的楼适夷先生，他的文章照样刊登在《现代》杂志上。"

据施蛰存先生回忆，《现代》杂志的作者队伍相当精锐，鲁迅、茅盾、巴金、周作人、老舍、戴望舒、郁达夫、郭沫若、周扬、沈从文、苏雪林……

在20世纪30年代的杂志上，《现代》是最早刊登西方现代重要作家作品的刊物。施老说，乔伊斯的《尤利西斯》、普鲁斯特的《追忆似水年华》，还有在世界文坛刚冒尖的海明威、福克纳也有作品在《现代》上刊登。

1935 年，施蛰存离开现代书局，与阿英合编了《中国文学珍本丛书》，他从 1937 年起开始在多所大学任教，并于 1952 年调至上海华东师范大学中文系当教授。

施老的"棉花哲学"

与施蛰存成了忘年交，有一个时期，我几乎每个月都要去他寓所拜访，一方面听他谈三四十年代的民国往事，另一方面学习他编辑的经验。

每年春节，我会向施蛰存等一些老人寄贺卡，祝这些民国文坛老人健康快乐，施老也向我这个晚辈寄贺卡，几乎每年春节我都能收到。我在 1993 年获上海市首届新闻韬奋奖，也收到了施老寄来的贺卡，这是我个人获奖后收到的唯一一张贺卡。

施蛰存先生晚年写作相当勤奋，他 1987 年出版了《唐诗百话》《词学论稿》后，又出版了近十部书。

最后一部书稿出版时间是施蛰存先生过了九十岁生日，这大概是民国文人最年长的出书者之一吧！

施蛰存在生前，就被文化界喻有"北钱（钱锺书）南施（施蛰存）"之称，又有学者把他与陈寅恪相提并论，这位在文学创作、古典文学研究、碑帖研究与外国文学翻译上均有很高造诣、学贯中西的文学家，终于在 1993 年被授予"上海市文学艺术杰出贡献奖"，同时获奖的还有柯灵与王辛笛。这也是历经坎坷的施蛰存老人在新中国荣获的最高荣誉。翌日，我去拜访老人，他只是淡然一笑，对我说："棉花还有弹性呢！"

原来，施蛰存曾请评委把这荣誉给予年轻的学者。他说他本人对生死已看得很淡，名利对他毫无用处。他说的"棉花"哲学，他曾这样解释："棉花看来很柔软，但受到外部挤压，看来渺小无力，但一旦外部力量消除，棉花松弛，又恢复原貌，妙在弹性十足。"这段话，也许反映了施蛰存一生的际遇。

2003年11月19日，施蛰存这位被誉为"百科全书式的专家"在上海逝世，享年九十九岁。

（《作家文摘》2017年总第2048期，摘自《上海采风》2017年第6期）

北大老先生们的诗意

·温儒敏·

"甩手掌柜"季镇淮

"季镇淮"这个大名，我上中学时就接触过，那是读那本北大版《中国文学史》留下的一点印象。到我上研究生时，对季先生就格外注意，因为听说他曾和导师王瑶教授同学过，都出自朱自清先生的门下。我在五院或是去五院的路上常见到季先生，他满头白发，老是一套蓝色中山装，提着一个布兜书袋，动作有些迟缓，身板子却还硬朗。

后来，季先生接替杨晦教授担任中文系主任，那时我已经留校任教了。季先生这个主任当得非常超脱，很少过问系里的事情，连开会也不太见得到他老人家，等于是"甩手掌柜"。也是一种风格吧。我只去过季先生家里一次，在朗韵园，冬天，那时先生身体已经不好，家里有些寒意，他躺在椅子上烤电炉。记得是谁托我给季先生转交一样礼品。我顺便向先生请教了一些关于晚清学界的问题。先生说"材料很重要"，是做学问的基础，让我记住了。

我与季镇淮先生很少接触，但有一事印象极深，终生难忘。

1981年夏天，北大中文系"文革"后招收的第一届研究生要毕业了，我们都在进行紧张的论文答辩。同学中有一位是做"南社"的，是季先生指导的学生。此君住在我宿舍隔壁，文才出众，读书极多，有点"名士派"味道。季先生与他这位学生的关系也挺融洽的。可是这位同学的"南社研究"准备得比较仓促，大概也单薄一些吧，季先生很不满意，时间不够了，那时没有延期答辩一说，怎么办？可是季先生不凑合，又必须尊重程序，便打算邀请中国社科院的杨某做答辩委员。答辩时，杨某果然提出许多尖锐而中肯的意见，并投了反对票，结果差两票论文没有通过。事后那位同学有些委屈，说杨某反对也就罢了，为何导师也是反对票？我实在也有些同情。此事在同学中引起了震动。

"学术警察"吴小如

吴小如先生是"杂家"，专著不多，可是面广，古典文学、文献学、戏剧学都有很高造诣。吴先生教文学史能从《诗经》讲到梁启超，且大都有其心得，学生自然也喜欢他的课。先生还有"绝活",就是京剧,八十多岁还登台唱戏,是京城有名的"高级票友"。何谓"高级",他既有京剧的艺术修养,又精通古典戏剧史,能进能出,常有戏剧评论发表。

说来有些可惜,吴先生在北大是受了委屈的。"文革"结束后北大重新评定职称,当时"积压"的人才多,像吴先生这样年过半百的"老讲师"不少,都等着晋升。据说吴先生虽然是"杂家",但也还是被"看好"的,在中文系的评审会上就给他"破格"提升教授了。名单报上去,不料教育部临时减少了北大的名额,校方就把吴先生给"卡"下来了。因此,吴先生愤而离开中文系,要去中华书局。校方出面挽留,把他留在了历史系的中古史研究中心。吴先生在历史系是很寂寞的。每当中文系的老学生回校聚会,都会把吴先生请来,他兴致很高,说起往事来滔滔不绝。先生在历史系没有当上博导,也没有文学史、戏剧史方面的及门弟子。这的确是遗憾的事情。

不过,吴先生始终活跃在北大文科。他对于学术是有些苛严的,遇到不良学风,比如古籍校勘出了差错,"明星学者"信口雌黄,或者抄袭剽窃,等等,他都会"多管闲事",不留情面提出批评。于是,一顶"学术警察"的帽子便落到他头上。吴先生说:"有人称我'学术警察',我不在乎。"

最后一次见到吴先生,是去年,在校医院。见他老人家颤颤巍巍,怕打搅他,我在犹疑是否该上前请安。他却几步之外一眼就认出了我,问我"听说去了山东大学?"老先生九十高龄,病痛缠身,还那样耳聪目明,信息灵通,不时关注着中文系和后辈学生。现在想来,心里还是酸酸的。

名士派陈贻焮

陈贻焮先生没有教授的架子，胖墩墩的身材，很随意的夹克衫，鸭舌帽，有时戴一副茶镜，一位很普通的老人模样。不过和先生接触，会感觉到他的心性真淳，一口带湖南口音的北京话，频频和人招呼时的那种爽朗和诙谐，瞬间拉近和你的距离。

先生有点名士派，我行我素，落落大方，见不到一般读书人的那种拘谨。谢冕教授回忆这位大师兄总是骑着自行车来找他，在院子外面喊他的名字，必定是又作了一首满意的诗，或是写了一幅得意的字，要来和他分享了。一般不进屋，留下要谢冕看的东西，就匆匆骑车走了，颇有《世说新语》中所说的"乘兴而行，兴尽而返"的神韵。

我也有同感。20世纪80年代末，陈先生从镜春园82号搬出，到了朗润园，我住进的就是他住过的东厢房。陈先生很念旧，三天两头回82号看看。也是院墙外就开始大声喊叫"老温老温"，推门进来，坐下就喝茶聊天。我是学生辈，起初听到陈先生叫"老温"，有点不习惯，但几回之后也就随他了，反而觉得亲切。陈先生擅长作诗填词，在诗词界颇有名气。有一年他从湖南老家探亲归来，写下多首七律，很工整地抄在一个宣纸小本子上，到了镜春园，就从兜里掏出来让我分享。还不止一次说他的诗就要出版了，一定会送我一册。请先生吟诵，先生没有推辞，马上就摇头晃脑，用带着湖南乡音的古调大声吟诵起来。我也模仿陈先生，用我的客家话吟唱一遍，先生连连称赞说"是这个味"。后来每到镜春园，他都要"逗"我吟唱，我知道是他自己喜欢吟唱，要找个伴，他好"发挥发挥"就是了。

陈贻焮先生是一位有广泛影响的文学史家，长期从事魏晋南北朝隋唐五代文学史的研究和教学工作，在这个领域做出了重大的贡献。先生对自己的学术成就显然有信心，但付出确实太多了。来镜春园82号聊天喝茶，在他的兴致中也隐约能感到一丝感伤。我知道正是在82号东厢这个书房里，陈先生花了多年的心血，写出《杜甫评传》，大书成就，而一只眼睛也失明了。

万万没有想到，2000年他从美国游历归来，竟然患了脑瘤。他在病床上躺了两年，受的苦可想而知。他再也没有力气来镜春园82号喝茶谈诗了。病重之时，我多次到朗润园寓所去看望。他说话已经很艰难，可是还从枕头边上抽出一根箫来给我看，轻轻地抚摩着。他原来是喜欢这种乐器的，吹得也不错，可惜，现在只能抚摩一下了。

（《作家文摘》2018年总第2103期，摘自《燕园困学记》，温儒敏著，新星出版社2017年5月出版）

叶嘉莹先生的诗教

·席慕蓉·

2009 年 2 月 21 日晚间，叶嘉莹先生应洪建全文教基金会的邀请，在台北的敏隆讲堂演讲，讲题是"王国维《人间词话》问世百年的词学反思"。

从七点整准时开始到九点过后还欲罢不能，那天晚上，叶老师足足讲了两个多小时。以《人间词话》为主轴，谈词的由来、特质、境界，以及雅郑之间的微妙差异，等等；上下纵横，中西并用，再加上兴会淋漓之处叶老师不时地让思路跑一下野马，把我们带到一片陌生旷野，那种辽阔无边，那种全然不受约束的自由，好像极为混沌无端难以言说，却在同时又并然有序地——心领神会……

何以致此？何能致此？

当时的我，只觉得叶老师在台上像个发光体，她所散发的美感，令我如醉如痴，在无限欣喜的同时却还一直有着一种莫名的怅惘，一直到演讲结束，离开了会场、离开了叶老师之后，却还离不开这整整两个多钟头的演讲所给我的氛围和影响。

之后的几天，我不断回想，究竟是什么感动了我？

对叶老师的爱慕是当然的，对叶老师的敬佩也是当然的，可是，除此之外，好像还有一些什么很重要的因素，是我必须去寻找、去捕捉才有可能得到解答。

那天晚上，叶老师在对我们讲解关于词的审美层次之时，她用了《九歌》里的"要眇宜修"这四个字。

她说，"要眇"二字，是在呈现一种深隐而又精微的美，而这种深微，又必须是从内心深处自然散发出来的才可能成其为美。

至于"宜修"则是指装饰的必要。但是，叶老师说，这种装饰并非只是表面的修饰，却也是深含于心的一种精微与美好的讲究。一如《离骚》中所言的"制芰荷以为衣兮，集芙蓉以为裳……佩缤纷其繁饰兮，芳菲菲其弥章"，是所谓的一种品格上的"高洁好修"。

那天晚上的叶老师，身着一袭灰蓝色的连身长衣裙，裙边微微散开。肩上披着薄而长的丝巾，半透明的丝巾上还暗嵌着一些浅蓝和浅灰色的隐约光影，和她略显灰白但依然茂密的短发在灯光下互相辉映。

当时的我，只觉得台上的叶老师是一个发光体，好像她的人和她的话语都已经合而为一。不过，我也知道，叶老师在台上的光辉，并不是讲堂里的灯光可以营造出来的，而是她顾盼之间那种自在与从容，仿佛整个生命都在诗词之中涵泳。

之后，在不断的回想中，我忽然开始明白了。

原来，叶老师当晚在讲坛上的"人和话语合而为一"，其实是因为，她就是她正在讲解中的那个"美"的本身。

叶老师在讲坛上逐字讲解中的"要眇宜修"，就是她本身的气质才情所自然展现的那深隐而又精微、高洁而又高贵的绝美。

是的，她就是"美要眇兮宜修"的那位湘水上的女神。

然而，或是因为"世溷浊而不分兮"，或是因为一种必然的孤独，使得所有这世间的绝美，在欣然呈现的同时，却又都不得不带着一些莫名的怅惘甚至忧伤……

那晚之后，我在日记里记下自己的触动，我何其有幸，参与了一次极为丰足的心灵飨宴。

想不到，十个月之后，我又有幸参与了一次。

2009 年 12 月 17 日上午，叶老师应余纪忠文教基金会的邀请，在中坜的"中央大学"做了一场演讲，讲题是"百炼钢中绕指柔——辛弃疾词的欣赏"。

礼堂很大，听众很多，仪式很隆重。可惜的是，演讲的时间反而受了限制。叶老师这次只讲了一个半小时左右，她所准备的十首辛弃疾的词，也只能讲了两首而已。

这两首的词牌都是《水龙吟》，一首是《登建康赏心亭》，一首是《过南剑双溪楼》。叶老师说，辛弃疾一向是她所极为赏爱的一位词人。

这天，站在讲台上，叶老师仍是一袭素净的衣裙，只在襟前别上了一朵胸花，是校方特别为贵宾准备的，深绿的叶片间缀着一小朵红紫色的蝴蝶兰。

她的衣着，她的笑容，她的声音，她的一切，本来都一如往常，是一种出尘的秀雅的女性之美。可是，非常奇特的，当她开始逐字逐句为我们讲解或吟诵这两首《水龙吟》之时，却是隐隐间风雷再起，那种雄浑的气势逼人而来，就仿佛八百多年前的场景重现，是词人辛弃疾亲身来到我们眼前，亲口向我们一字一句诉说着他的孤危而又蹉跎的一生了。

在"楚天千里清秋"微微带着凉意的寂寞里，我们跟着辛弃疾去"把吴钩看了，栏杆拍遍"，心里涌起了真正的同情。非常奇妙的转变，在我的少年时，那些曾经是课本里生涩而又苍白的典故，为什么如今却都化为真实而又贴近的热血人生？原来，辛弃疾亲身前来之时，他的恨，他的愧，他的英雄泪都是有凭有据，清晰无比的啊！

等到"千古兴亡，百年悲笑，一时登览"这几句一出来，我一方面觉得自己几乎已经站在离辛弃疾很近很近的地方，近得好像可以听见他的心跳，感觉得到他的时不我予的悲伤。可是，另一方面，我又好像只看见这十二个字所延伸出来的人生境界，这就是"文学"吗？用十二个字把时空的深邃与浩瀚，把国族与个人的命运坎坷，把当下与无穷的对比与反复都总括于其中，这就是"文学"吗？

因此，当叶老师念到最后的"问何人又卸，片帆沙岸，系斜阳缆"的时候，在台上的我不得不轻声惊呼起来。

惊呼的原因之一是，这"系斜阳缆"更是厉害！仅仅四个字而已，却是多么温暖又多么悲凉的矛盾组合，然而又非如此不可以终篇，仅仅四个字，却是一个也不能更动的啊！

惊呼的另一个原因是，终篇之后，我才突然发现，刚才，在叶老师的引导之下，我竟然在不知不觉之间进入了南宋大词人辛弃疾的悲笑一生。他的蹉跎、他的无奈不仅令我感同身受，甚至直逼胸怀，使我整个人都沉浸在那种苍茫和苍凉的氛围里，既感叹又留恋，久久都不舍得离开。

这是何等丰足的心灵飨宴！

等我稍稍静定，抬头再往讲台上望去，叶老师已经把讲稿收妥，向台下听众微笑致意，然后就转身往讲台后方的贵宾席位走去，准备就座了，那亭亭的背影依然是她独有的端丽和秀雅……

可是，且慢，那刚才的辛弃疾呢？

那刚刚才充满在讲堂之内的苍凉与苍茫，那郁郁风雷的回响，那曾经如此真切又如此亲切的英雄和词人辛弃疾呢？

请问，叶老师，您把他收到什么地方去了？

直到最近，读到《红蕖留梦——叶嘉莹谈诗忆往》一书的初稿，发现书中有两段话语，似乎就是给我的解答，在此恭谨摘抄如下：

> 诗词的研读并不是我追求的目标，而是支持我走过忧患的一种力量。
>
> 我之所以有不懈的工作的动力，其实就正是因为我并没有要成为学者的动机的缘故，因为如果有了明确的动机，一旦达到目的，就会失去动力而懈怠。我对诗词的爱好与

体悟，可以说全是出于自己生命中的一种本能。因此无论是写作也好，讲授也好，我所要传达的，可以说都是我所体悟到的诗歌中的一种生命，一种生生不已的感发的力量。中国传统一直有"诗教"之说，认为诗可以"正得失，动天地，感鬼神"。当然在传达的过程中，我也需要凭借一些知识与学问来作为一种说明的手段和工具。我在讲课时，常常对同学们说，真正伟大的诗人是用自己的生命来写作自己的诗篇的，是用自己的生活来实践自己的诗篇的，在他们的诗篇中，蓄积了古代伟大诗人的所有的心灵、智慧、品格、襟抱和修养。而我们讲诗的人所要做的，就正是透过诗人的作品，使这些诗人的生命心魂，得到又一次再生的机会。而且在这个再生的活动中，将会带着一种强大的感发作用，使我们这些讲者与听者或作者与读者，都得到一种生生不已的力量。在这种以生命相融会相感发的活动中，自有一种极大的乐趣。而这种乐趣与是否成为一个学者，是否获得什么学术成就，可以说没有任何关系。这其实就是孔子说的，知之者不如好之者，好之者不如乐之者。

旨哉斯言，谜题揭晓！

原来，答案就在这里。

叶老师所给我们的一场又一场的心灵飨宴，原来就是久已失传的"诗教"。这是一种以生命相融会相感发的活动，而能带领我们激发我们去探索这种融会与感发的叶老师，她所具备的能量是何等的强大与饱满，而她自己的生命的质地，又是何等的强韧与深微啊！

历经忧患的叶老师，由于拥有这样充沛的能量，以及这样美好的生命质地，才终于成就了这罕有的与诗词共生一世的丰美心魂。

（《作家文摘》2014年总第1732期，摘自《红蕖留梦：叶嘉莹谈诗忆往》，叶嘉莹口述，张候萍撰写，生活·读书·新知三联书店2013年5月出版）

我的王昆姐

·陶斯亮·

我是父母的独生女，但我始终认为自己有个姐姐，那就是王昆。

说来话长，王昆姐小小年纪就被三叔带出家乡投身于革命，这三叔正是我亲同父母的干爸爸王鹤寿。

干爸爸与我父亲（陶铸）是国民党南京监狱的难友，他们同是共产党囚徒中与敌斗争的核心人物，抗战后又同时被党营救出狱，为参加"七大"又聚首延安。

正因为这层关系，我认了王鹤寿为干爸爸，而王昆姐则称父亲为叔叔。两家关系这样的近，听母亲说，在延安时，王昆姐经常在演出后到我家泡脚。

从我出生到王昆姐故去，虽不算频繁来往，但姐妹情深从未间断过，算算竟有七十年之久了，所以我怎能不把她当姐呢？——唯一的，真正的姐姐！她呢，要不直呼我"妹妹"，要不叫我小名。七月、八月更是亲热地叫我"小姨",我见到周巍峙从不叫部长,而是叫"姐夫"。

我母亲一生中唯一的一个皮包,墨绿色,金色扣襻,在二十世纪五六十年代稀罕得不得了,是王昆姐从国外带给她的。我有一只保留至今的手袋,也是王昆姐送的,我们这两家人关系就是这么亲近。

我还记得50年代在武汉上寄宿制小学时,王昆姐在母亲的陪伴下专门来学校看我的情景。作为一只丑小鸭,我眼里姐姐年轻漂亮又时髦,特别是她身上洋溢出一种特别鲜活的东西,那时我还悟不出这东西是什么,只觉得这东西让她容光焕发。后来我才明白了,这就是魅力!王昆姐是革命家加艺术家,但她从不摆老革命的谱,也没有某些搞艺术的人的矫揉造作,她很真实,很直率,加上有坚定的信仰和艺术修养,这使她的魅力与众不同。

我曾在干爸爸家住过很长时间。王家是个大家族,王昆姐对引导她走上革命之路的三叔最敬重也最亲近,而她在王家的地位也是无人可及,我干爸大小事都重视王昆姐的看法。但由于我干爸一直希望王昆姐应该上学而不是唱歌,所以对王昆姐的艺术之路不以为然。在文艺上,他最喜爱的是京戏和相声,所以每次见王昆姐都要揶揄挖苦一番,什么"指挥就是自己在那儿比画,没什么用,你看哪个演奏的会盯着他看啊",什么"美声就是吊嗓子,没一句听得清"。有时干脆讥讽王昆姐唱得如何如何,总之对王昆姐的艺术从不说好话。王昆姐也很强势,针锋相对,说三叔是老古板,不懂现代艺术。每当看到这叔侄俩唇枪舌剑，我总觉得很好玩，但也感受到了王昆姐为捍卫自己心爱艺术的执拗。

作为一个革命家、艺术家、艺术界领导，王昆姐无论在战争年代革命艺术形式的传播上，建国后社会主义文化艺术的创建上，改革开放后现代和流行文化的普及上，她都是开风气之先，从来都是时代先锋。

建国后，她创办的"东方歌舞团"蜚声中外，成为国家名片，也深得国内的赞誉。中国第一批流行乐歌手也大都出自"东方歌舞团"——崔健、朱明瑛、郭峰、成方圆、程琳、韩磊、郑绪岚……这些明星能出一两个就够牛了，而"东方"是成批成批地出。1986年，百位歌星为"国际和平年"演唱的《让世界充满爱》一下子红遍大江南北，其影响力和声势至今无法逾越，而这件事也是在王昆姐支持下才得以顺利进行的。

"音乐界的伯乐"，王昆姐当之无愧。我就目睹过她是如何对待年轻演员的。欧阳铬芮是战士歌舞团的一位青年歌手，在北京开个人音乐会，王昆姐在新闻发布会上发现她声音很好，于是特意坐轮椅去观看她排练，并予以指导。正式开演那天，王昆姐第三度坐轮椅出席。由于司仪的疏忽，在介绍出席嘉宾时，竟然将本该列头一位的王昆姐给漏掉了。但王昆姐根本没当回事，一直看到散场，还对我说"这女孩子声音真不错！"对一个名不见经传、素不相识的年轻歌手尚且如此，可以想见她对她的学生会投入怎样的心血。

王昆姐突然病倒后第四天（2014年11月16日），亲友们特地为她建了一个微信平台，我从没见过在一个小小的微信平台上，会有这么多的人，海量的留言、文章和相片。如今一个多月过去了，但人们仍在抒发着对王昆姐的怀念、景仰。但一个小小的微信平台如何能承载得下"王昆"这两个字的分量呢！

（《作家文摘》2015年总第1810期，摘自2015年2月1日《新民晚报》）

百合花香茹志鹃

·楼耀福·

　　每年清明、冬至将临，我们都会去龙华陵园拜祭茹志鹃和王啸平老师。一两天后，王安忆、王安桅就会打电话来："你们又去看过爸爸妈妈了，谢谢噢。"我们谁也没告诉，他们怎么知道的？后来才明白，是因为我们留在那里的痕迹：两枝洁白的百合花。

知遇之恩

　　1978 年，上海文艺出版社出版了一套《外国短篇小说》，三本，蓝封面。"文革"刚结束，中外名著供不应求。当时的《上海文艺》编辑部集中购了一批《外国短篇小说》，然后给作者寄发购书券，作者再凭通知去编辑部购书。我收到后，让妻子殷慧芬去《上海文艺》取书。这也许是她第一次踏进巨鹿路675号。回来后，我问："顺利吗？"她说："很顺利，编辑部在开会，我说是来领书的，一个女同志就拿了这套书给我。"她简单描绘了那女同志的外貌、年龄。我说："那就是茹志鹃老师啊。"她"啊"了一声，有点儿为与茹老师失之交臂而遗憾。

谁知十多年后，她竟成了茹志鹃老师最喜欢的作者之一。她可以在茹老师愚谷村的家里随便进出，可以像侄女一样向茹老师无所顾忌地倾诉衷肠。

茹志鹃最早读到我们的小说是在 20 世纪 80 年代中期。那时我和殷慧芬合作的短篇小说《黄月亮》在上海公安局《剑与盾》杂志发表。年终评奖，居然获得一等奖。我们自己都觉意外。第二年，我去安庆参加"中国法制文学研讨会"，遇到《剑与盾》的执行副主编周云发先生，问及此事，他大笑，说："你不知道啊，这篇小说得一等奖，是茹志鹃定的。"

茹志鹃那时是上海作协的党组书记、常务副主席，也是那次评奖的"评委会"主任。茹志鹃主持领导上海作协期间，为培养年轻作者，还做了一件功德无量的事情，那就是拍板创办以学习班形式的"上海青年作家创作会议"。

正是茹志鹃拍板创办的"青创会"，改变了一批年轻作者的命运。"青创会"创办之前，殷慧芬是一名车间统计员，而孙甘露白天还得骑着摩托充当邮差……

1990 年 6 月，殷慧芬在《上海文学》发表小说《厂医梅芳》，茹志鹃大加赞赏。她对责任编辑张斤夫说，她要找殷慧芬谈谈。

那是一个下午，她第一次去愚谷村茹老师家中。她坐在那只临窗的旧沙发上。沙发紧挨着茹老师的书桌，沙发前面是卧床，再过去，靠墙是一排书橱，正面墙上挂着赖少其先生的书法："煮字"。

茹老师提到小说《厂医梅芳》，充满热情和鼓励。在茹老师的指点里，殷慧芬突然意识到，她写的工厂题材小说，是她挖掘到的一口深井。于是，又有了《蜜枣》《欲望的舞蹈》《迷巷》等作品，讲述了工厂里的青年工人、知识分子、刚进厂的小女工等故事。

成为她家常客

王安忆的父亲王啸平秉性耿直，他与殷慧芬很投缘。至今，我们家仍留存着王啸平题赠的书，如《和平岁月》等。茹志鹃1998年去世后，王啸平很沉闷。有一天，我们去看他，他拿出黄宗江、阮若珊合著的《老伴集》，说书中写了他在1957年被打成右派的遭遇。我一页页地翻，想看看书中怎么写的。他说："你拿回去，慢慢看。"后来，这本书就一直留在我们家里了。

殷慧芬一次次地去，目睹了茹老师家里那个房间的变化。她最早去时，坐的那对旧沙发后来换成了皮沙发，那是王安忆用稿费买来孝敬她父母的。

在那些难忘的日子里，茹志鹃还兴致勃勃地找出旧日的照片给殷慧芬看：一个脑后挽着发髻，姿态优雅、容貌美丽的女子坐在藤椅上，额前一撮长长的刘海儿，是个很典型的旧式家庭的女子。茹志鹃说："这是我母亲。"母亲温柔而刚强的不幸人生让她难忘。三岁丧母，父亲弃家出走，茹志鹃兄妹五人只得风流星散，寄人篱下。兄妹中最小的茹志鹃跟着祖母辗转上海、杭州两地，依靠糊火柴匣子、锁纽洞、洗衣服等手工活苦度时光。巨大的家庭变故、母亲和祖母的形象深深烙印在她人生的记忆中。在茹志鹃很久以后写的自传体长篇小说《她从那条路上来》、散文《我能忘吗？》《紫阳山下读"红楼"》以及她给爱荷华聂华苓的信中，都可读到她苦难和辛酸的少年时光。

祖母亡故后，十三岁的茹志鹃和长她两岁的四哥相依为命，在杭州的紫阳山下，仅仅读过一年小学又停学的她，拾着柴火，读着借来的《红楼梦》，一遍、两遍、三遍，直至九遍，在半懂不懂的阅读和背诵中，送走了艰辛愁苦，"红楼"悄悄滋润了茹志鹃文学的心。

离开紫阳山后，茹志鹃沦落在上海的孤儿院，以后又住读过上海妇女补习学校，寄宿过教会女子中学，又在浙江武康县中学读了初三，颠沛流离、前前后后总共读了四年书。1943年，十八岁的茹志鹃跟随长兄参加新四军，之后，开始了她崭新的人生。在部队，在文工团，茹志鹃演戏、唱歌、跳舞。在通宵行军的间隙中，就着月光，垫着背包，茹志鹃写下了歌词、快板、广场秧歌剧。和着行军的节奏，不知不觉地，她在走近文学，以致写出了脍炙人口的名篇《百合花》。

殷慧芬坐在那只临窗的沙发上，也听过茹志鹃说王安忆。她说女儿王安忆小时候喜欢画画，但做妈妈的却希望她以后成为一个科技工作者。这也许因为文艺这个行当让王啸平和茹志鹃经历了太多的曲折和辛酸。她说，在"文革"中，自己都懊恼怎么会走上文学创作这条路的。为了让自己重新获有一些更实用的技能，她一度迷上踏缝纫机，往往是把一件旧衣服拆开，重新裁剪，再用缝纫机缝上，稍不满意，再拆开，再缝。

王安忆走上文学道路在茹志鹃看来似乎是个意外。安忆十六岁，去安徽淮北插队，村里只有她一个知识青年，远离家乡又寄人篱下，十分苦闷。茹志鹃没法照顾女儿，为排遣女儿的郁闷，唯有写信。母女俩通信十分频繁。在信中，茹志鹃发现了王安忆写作的天分。

最后的岁月

《上海文学》当时刚转型为自负盈亏，如何维持一家高品位的纯文学刊物的生存，《上海文学》执行副主编、评论家周介人常常为之焦虑不已。无奈之下，他好几次拉着茹志鹃，借着她的"天下谁人不识君"的声望，四出"化缘"。为争取当地企业的赞助，茹志鹃也发放名片，年轻的作家们笑话她那样子就像抓糖果。她也笑，她说："我不习惯呀，发不来名片呀！"为了主动去承担刊物这一段原本不属于她的艰难，茹志鹃一次次地勉为其难、四处周旋。

1998年8月，五十六岁的周介人去世，给了茹志鹃"很闷"的打击。不久后，她也病倒了。那一年的一个秋日，我陪殷慧芬去华山医院探望病中的茹志鹃。

病房很安静，茹志鹃穿一身蓝色病人服，坐在靠门口的地方看书，光线从窗外射进来，照着她花白的头发，显得清清爽爽。

1998年10月7日，茹志鹃与我们天人两隔，她去世的时候七十三岁。站在茹志鹃家里的灵堂前，瞻仰着她的遗容，那是张多年前她在作协大院里照的相片，照片上的茹志鹃在夏日的阳光下笑得十分灿烂。当年她曾毫不忌讳地说，以后这就是我的遗像呀。一语成谶，茹老师带着这样单纯的笑容离开了人世。

（《作家文摘》2016年总第1981期，摘自《上海采风》2016年第10期）

最后的燕京大学医预科生

·宋春丹·

会聚燕园

　　全如珹是在燕园长大的。他的父亲全希贤是燕大初创时期的庶务主任，他家就住在燕大对面的军机处。从美国基督教公理会创建的育英学校毕业时，全如珹本没想考教会学校，但一位请他替考英语的同学给他报了燕京大学新闻系，几个燕大毕业的姐姐也一再劝说，他就去参加了考试。

　　这是面向全国中学毕业生的公开考试，考试科目包括国文、英文、数学、智力测验。英语考试要求远高于其他大学，1948年的英语考题只有一题：把陶渊明的《桃花源记》译成英语，并且不提供中文原文。全如珹被录取了，经不住几个燕大毕业的姐姐一再劝说，就去燕大新闻系报了到。读了几天兴致缺缺，一番周折后转到了名气很大的生物系医学预科。

全如珹的同班同学朱元珏从天津天主教学校圣功女中毕业后，报考了燕大生物系医学预科、辅仁大学生物系、北大医学院。朱元珏同时被三所学校录取。辅仁大学是天主教学校，北大学生运动太频繁，而且哥哥也在燕大读书，她因此选择了燕大。

袁玫的父亲袁敦礼曾任北师大校长，是中国现代体育奠基人之一，重视体育锻炼，提倡预防医学理念。受父亲影响，袁玫从小就喜欢体育活动，在师大女附中读高中时，就立志做一名医生。她记得，一上午时间考完自然常识、地理历史、物理化学，试题包罗万象，考查思考能力，题目多到做不完。与全如珹和朱元珏参加的考试不同，袁玫参加的是保送生考试。

20世纪20年代初，燕京大学承认的具有保送资格的中学共有29所，多为具有较高办学水平的教会中学。20年代末以后，一些教学质量高的非教会中学也获得了承认，数量增加到38所。其应届毕业生在高中三年内各科平均成绩在85分以上、品德端正的才具有保送资格。

燕京殿堂

燕京大学有四个学院，分别为理学院、工学院、文学院和只招研究生的宗教学院。

按照与协和签订的协议内容，燕大给医预科开设了生物、数学、化学、物理、中文、英文等专业必修课，植物学、生物标本制作、组织学、动物生理学、细菌学、寄生虫学、昆虫学、有机分析、电磁学等选修课。除国文外，其他课程都是英文教学。

医预科教师中约 40% 是外国人，多来自欧美和日本。理科基础课程均由名师讲授，很多来自协和，如波琳、韦尔巽、窦维廉等，也有胡经甫、李汝祺等燕大老教师。

系主任波琳教生物课，每次上课前五分钟会测验上节课内容，考试题目灵活发散。她会把供解剖的小狗尸体抱在怀里，要求学生尊重地对待实验动物。她还亲自批阅学生的实验绘图和报告，如果发现有学生篡改实验记录，就会给予处罚。医预科中途因成绩转系的学生，大多是因为波琳的课没及格。

波琳要求学生每月看完一本厚厚的英文小说，然后去她家进行一次 personal talk，喝茶吃点心，问是哪里人，家里做什么，为什么要来燕大学医学，等等。

讲授无脊椎动物学的胡经甫是中国昆虫学奠基人之一。他强调自学，要求学生课前预习，课上再全覆盖式地密集提问。学生们称他是"苏格拉底教学法"，对他的课又爱又怕。

无脊椎动物学需要记忆的知识点十分庞杂，但胡经甫不准学生记笔记，要求集中精力听课。他英文发音清晰端正，慢条斯理。他喜欢喝酒，上课时经常处于微醺状态，有时整节课讲下来，只有一两句与书本相关的。他擅长绘画，尤其是昆虫，大手一挥就在黑板上画出一只昆虫翅膀。

化学老师上课一只手在黑板疾书，写完另一只手马上擦掉，

边擦边对学生讲："谁要是盯着窗外的姑娘看，就看不见我写什么了。"

医预科实行严格的淘汰制度。系主任波琳掌握着每年的淘汰权，学生进入协和还要有她的推荐信。被淘汰者多转入兄弟院校继续学医，部分转入本校其他院系学习。刚进校的72人，到了第一学年末已淘汰了一半。

学制变动

解放后，燕大学生开始接受政治教育，学习马列主义世界观。

1950年，葛洪从育英学校被保送燕大。保送入学资格考试的国文试卷有一题，要求解释一首现代诗。他记得几句："一进地主门，饭汤一大盆，勺子舀三舀，浪头打死人。"

葛洪的国文成绩是B，入学后获得国文免修资格。他最初报考的是机械系，入校后听说医预科尤为突出，不久后即转到医预科。

1950年10月，抗美援朝战争爆发，燕大大部分外国教师离开了中国。学生们特地为波琳办了一场欢送会。波琳的中国留美学生刘承钊应燕大聘请回国继任生物系主任。他的课程很受欢迎，对学生的管理也很民主。

1951年1月，根据中央政府接收国民党和外国人开办的各级学校的决定，教育部确定了首批11所学校，其中包括燕京大学和协和医学院。燕大的学制也发生变动，医预科一直实行的淘汰制被取消了。

燕大协和是一家

1951 年秋，燕大 1948 级医预科学生完成预科学业，其中 24 人进入了协和医学院，与来自清华大学等校的医预科生一起，组成了一个 42 人的班级。这是协和历史上人数最多的班级。

但这个数字很快被刷新。1952 年，因院系调整，燕大被撤销，医预科并入北京大学。1950 级医预科生提前一年毕业，与 1949 级医预科生一起进入协和。协和新生共录取 200 多人，包括 100 多名医预科生、20 多名护预科生，以及 80 多名团以上部队卫生干部。

从 1952 年起，协和划归军委建制，袁玫所在班级的学生们约半数自愿参军入伍。

根据军委总后卫生部的意见，协和从 1953 年起停招本科生，而成为一所专门的"医学师范"。因为早年协和平均每年才培养 16 名毕业生，取消淘汰制后也不过几十名，这种"小规模招生、高层次培养"的体制远远满足不了新中国的建设需求。直到 1959 年，协和才重新恢复了 8 年制医学本科教育。

因此，朱元珏、袁玫、全如瑊、葛洪等实际上成了"老协和"的最后一批毕业生，也是新中国培养的第一批医学博士。

燕大医预科生中名医辈出。其中，1941 级的胡亚美、1934

级的吴阶平、1938 级的张金哲、1948 级的孙燕都是中国工程院院士。此外,1926 年转入医预科的邓家栋是中国血液学创始人之一,1931 级的周华康是中国现代儿科学的先驱和开拓者之一,1938 级的吴蔚然是中国杰出的外科专家,曾担任中共中央委员、北京医院名誉院长,1948 级的朱元珏曾任协和医院大内科主任和中华医学会呼吸病学分会主任委员。

(《作家文摘》2020 年总第 2335 期,摘自《中国新闻周刊》2020 年第 16 期)

第二章　平生多趣味

"有意思"的赵树理

· 邢小群 ·

1965年初，我们随父（作家、《平原游击队》编剧邢野）母从湖南来到山西太原。我们居住的大院左侧，有一个小套院，套院里住着先我们几个月来到太原的赵树理一家。

一天，一个身着浅灰色薄呢大衣，个挺高的人登上我们家门前的高台阶，还没有进门就大声道："老邢，你来了啊？"爸爸迎了上去。看上去他们很熟，也很随便。这是我第一次见到赵树理伯伯。赵伯伯四下打量着我们草草安就的家，和我父亲说："我的书都放在办公室里了（作协办公楼有他一间大办公室），家里有两个书柜闲着，搬来你用吧。"其实，文人的书柜怎么能闲着？赵伯伯把书柜让给我们，显然是想让我们少些他乡的孤独和寂寞。

过了两天，赵伯伯让儿子二湖、三湖将书柜搬了来。他的书柜上下都是推拉门。上面两扇是普通玻璃，下面两扇粗看像

115

是嵌进两块大理石。爸爸摸着下面的柜门正想看个究竟，赵伯伯笑着说："这也是玻璃的，是我自制的。"语气中带着几分得意。我目不转睛地望着他，心想，赵伯伯真是个有意思的人。

时间长了，才知道，赵伯伯"有意思"处还真不少。每当他的小院传来悠悠的胡琴、笛子声，那就是告诉大家，我老赵正在家里。这时，小伙伴们早就蹿到赵伯伯的屋里在他的身旁雀跃了。我们喜欢听他讲点什么，总觉得话从赵伯伯嘴里说出来特别俏皮、有味。

父母常叮嘱我们无事不要到赵伯伯家打扰。可谁让他那么有意思呢？赵伯伯跟他的儿子二湖还有我大姐聊天时，常说起《红楼梦》。赵伯伯知道大姐喜欢医，就告诉她《红楼梦》里的那些药丸为何那么讲究。连我妹妹遇到不会做的算术题，也去问赵伯伯。有一次，他告诉我妹妹："题的答案可以告诉你，但步骤不能说，我用的是土办法，你不能学，学了就入了旁门左道，你们老师该对我有意见了。"那时，我们很难想象赵伯伯有什么事不知道。

赵伯伯在家的时间并不多，他经常下乡或外出。但他一回来，院子里的气氛总与平时不一样。其实，爸爸和赵伯伯的交往并不深。爸爸还提到，在"反右倾"、批判"中间人物"的时候，爸爸参加过中国作家协会党组召开的批评赵树理的扩大会议。尽管他很早就意识到那些批评的过头，但以后的环境、气氛使他从未正面对赵伯伯有所表示，他内心多少有些不安。未曾想，这一切早就在赵伯伯哈哈的笑声中化解了。多年以后，一提起赵伯伯，爸爸总是感怀他的心胸宽阔、为人厚道。

"文革"开始，赵伯伯最先遭殃。我每次回家见到他，都觉得他衰老了很多。在这期间，我们家也"沦陷"了。父母索性躲到外面去了，家里只留下我们姐妹兄弟六个和我们的继祖母。那年我大姐十八岁，我弟弟才七岁。有一天深夜，院里一阵狗叫，我们被惊醒，撩开窗帘的一角一看，好家伙，黑压压地站满了人。就在这时，赵二湖从套院翻墙过来。二湖那时年方二十，他摆出一副男子汉的架势，对那伙来人说："人家大人不在家，家里都是女孩子，你们有事白天来，要不，传出去对你们不好。"二湖交涉之际，其他的邻居也陆续出来帮腔，这群人才悻悻地撤出大门。

事后，我们向二湖表示感谢。二湖说："我睡得死猪一样，我爸夜里睡不着，听见外面有响动，把我推醒，让我过来看看，说你们家多是女孩子，大人不在家，别出什么事。"赵伯伯那会儿因肋骨被打断，正犯胸膜炎、哮喘病，整夜不能躺着睡。没有想到这位怏怏病者，此刻竟成了我们的保护神。

1969年初，我同二湖等一帮人下乡插队走了，赵伯伯临终前经受的痛苦、折磨，事后才知道。我心里很难过，为我心中的那个幽默、和蔼、可亲的赵伯伯。

（《作家文摘》2014年总第1784期，摘自2014年9月27日《北京青年报》）

纪弦的"绿帽"

·刘荒田·

> 我有十几顶帽子，各种颜色，各种质料，各种季节用的。其中有一项绿色的（Made in U.S.A.），我最喜欢。可是不幸得很，已被老婆扔掉。问了她，就说："不许戴！"
>
> "哦，太座，别那么认真嘛！"
>
> ——《绿帽》（载于纪弦散文集《千金之旅》）

我睡前就着床头灯读了，哈哈大笑，次日想起还笑个不止。

纪弦写此文于 1993 年，行年八十整。那年代，在旧金山初识这位中国现代诗的开山祖师，从此，他于我亦师亦友，情谊绵延三十年。我及本地诗友不时和他在广式茶楼聚首，谈诗，说笑。有时，他喝酒，我们喝茶。

2013 年春天，我陪同纪弦的远房外甥女拜访他家，他已中风数年，脑筋糊涂，但三天两头嚷着"要写诗"，家人给他纸和笔，他涂下几行，无人看得懂。来自中国大陆的外甥女仰慕"老舅"多年，曾多次收到老人的亲笔信，这次终于见到面，向纪老的女儿、女婿请求和老人拍一张合照。主人婉拒，理由是：只能把诗人的"美好形象"留在世间，卧床的模样太颓唐，不宜留影。数月后，一代诗宗去世，享寿一百。

此刻，我苦苦回想：可爱可亲的老诗人，其生平行藏之中，有哪些值得重提？对他的总印象是这样：率性、天真、热诚，终生将"诗人"的秉性与使命付诸言行与文字。再具体些，想起这些：

他具有强烈的自豪感，某文化学者恭维他是"中国有史以来最长寿诗人"时，他乐不可支，进而问："在全世界算不算？"

他爱夸张地描述早年贪杯所闹的笑话——某次醉倒在餐厅的楼梯上，头朝下滑。幸亏两位上楼的妙龄女士，把他挡住，免于头撞地。此事上了报纸的本地新闻版，他读报后笑骂记者太笨，不会找"亮点"——救下诗人的，是"两双玉腿"。

1963年，他在台湾独资办《现代诗》刊物，诗友给他送来两瓶"金门高粱"。下一期刊物刊登的送酒者的作品，额外加了大方框。此事是数十年后《创世记》诗刊"揭发"的，我当面求证，他严词否认，声称从来是就诗论诗，与酒无涉。但凡谈及往事，即便是出糗，他也仰头，眯眼，笑起来，身躯仿佛槟榔树上微颤的叶子。

可是，如果以"我所知道的纪弦先生"写长文，我就抓瞎。原因是多方面的，首先是记忆力的限制。其次，"锦心"的诗人并非必有"绣口"，平日交谈，不可能出口即警句。他所达致的境界，主要地体现于文字，诗才是他生命的主体。

今天读《绿帽》，对老诗人的顽皮感受格外强烈。假装"无辜"的幽默感，是他的本能之一。这种颜色的帽子，太太如此处置，是因为背黑锅的是她。话说回来，纪弦夫人极为正派贤淑，他素以"惧内"闻名于诗人圈，夫妻俩绝无这等纠葛。

2002年前后，旧金山诗人、摄影家王性初和纪弦老人聚会，在他谈笑至为酣畅的当口冷不防抓拍，我将这一照片视为最能体现老诗人神采的经典之作：眯眼笑着，胡子似在抖动，布帽子的鸭舌置于脑后，颜色为灰。

（《作家文摘》2019年总第2291期，摘自2019年11月20日《羊城晚报》）

钱锺书的"呵呵"

·宋以朗·

1981 年，钱先生去听傅聪的音乐会，对于音乐，他又有什么高见呢？先看看傅敏的回忆：

> 钱锺书先生还听过一次音乐会。那是在 80 年代北京的红塔礼堂，傅聪也参加了这次演出。"前面是海顿的协奏曲，下半场有贝多芬《第九交响曲》。"傅敏对当年的演奏曲目记忆犹新。钱先生说："你们这是对牛弹琴，我听不懂。"然而音乐会结束后，钱先生说："领唱的德文唱得不怎么样！"（沉冰《听傅敏谈钱锺书先生》）

钱锺书寄给我父亲宋淇的信，说的也大同小异，但似乎更幽默："春节前阿聪音乐会末次，弟已十余年不夜出，为之破例。畜牧学者言：向牛弹琴奏乐，可以增加乳量。自惭乃老公牛，对我弹琴，未见成效耳。"

杨绛曾说钱先生有股"痴气"。以下所述，大概也是他某种痴气的表现。1980年底，我父亲寄了一些纸笔给钱锺书，杨绛回信，竟大爆他有咬笔的习惯，很孩子气："锺书向来不肯用好笔，他爱咬笔杆，每支笔——毛笔、铅笔，以至康克令活动笔都有他的齿痕。竹笔管经常咬扁，所以专用铅笔头头恣意咬。近来惯用圆珠笔，咬笔习气已改掉，但仍喜用破笔。"

但父亲为什么要寄笔呢？原来是钱先生字迹太潦草，难以辨认，所以我父亲寄笔时附信说："因友人中多以先生来函太短，有时原子笔太花，字迹难以确认，而墨宝多数又为人所乐于影印流传。前曾嘱子建代奉笔一对，想已遗失，故特再行奉上，略表心意，正所谓纸短心长也。"

钱锺书收到纸笔和信，便这样回复："弟性卞急，而来信须答者又多，每信手拈败笔作书，累兄目力，疚愧之至，以后当力矫此习。"

在其后的一封信中，钱锺书更风趣地写他初用新信纸的感受："今日即以惠赠佳笺作书，如走惯田间阡陌者，忽得从容雅步于上海滩柏油马路，既喜且慨，因跛腿汗脚不配践踏也！"

钱锺书晚年的头号烦恼似乎就是复信。1983年11月22日，他致函我父亲大吐苦水："弟去夏挂名（中国社会科学院）副院长后，不相识人来函求推荐、作序、题词之类，日必五六，虽多搁置不理，而中有年老境困、其情可悯者，不得不稍效绵薄，并作复书。"

我父亲向来足智多谋，居然想出"逐客书"一计，然后向钱锺书建议："先生写好一封信，对外间一切要求均加婉却，上边的称呼空出待填，最后签名下是否可留一点空白以及盖印以示隆重，其尺寸大小即依函中所附之影印副本，不妨写得较来函字多一点，高一点。寄来后，晚即可去代影印二百份。"

但钱锺书回信谢绝了，倒也不"痴"："倘以印就 form（样式）作'逐客书'，必召闹挑衅，且流传成为话柄，由话柄而成为把柄。畏首畏尾，兄当笑我为 moral coward（满口道理的懦夫）也。"

钱锺书寄给我父亲的最后一封信，日期为 1989 年 1 月 15 日，他写道：

> 久阙音问，惟心香祝祷兄及美嫂身心康泰，无灾少病……然精力大不如前，应酬已全谢绝。客来亦多不见，几欲借 Greta Garbo（葛丽泰·嘉宝）"I want to be alone"（我要自个儿待着）为口号，但恐人嗤我何不以尿自照耳。呵呵！

最后那个"呵呵"，用法一如我们在网上常用的表情符号，信中流露的风趣语调、跳跃思想，实在让人难以相信是出自二十多年前一位年近八十、用毛笔写文言文的老人！

（《作家文摘》2014 年总第 1737 期，摘自《宋家客厅：从钱锺书到张爱玲》，宋以朗著，陈晓勤整理，花城出版社 2015 年 4 月出版）

杨宪益：有烟有酒吾愿足

·钟振奋·

杨先生译初稿戴乃迭润色

我刚开始参加工作时，有幸与杨先生在《中国文学》杂志社共事过几年。

在外文局的大楼里，杨宪益先生就跟普通员工一样，一点儿看不出"名人"的影子。他身形并不高大，说话语调也比较平缓，是一位很温和宽厚的长者。虽然他不用坐班，但也时常到单位来，处理一些工作上的事，顺便收取一些信件——各种会议的邀请啦，出版社、杂志社寄赠的书刊啦，等等。他的英国夫人戴乃迭女士满头漂亮的银丝，个子高高的，非常引人注目。她不太爱说话，但见了面会冲你微笑点头。她会在固定的时间到办公室来"领任务"，然后把稿子拿回家翻译。有兴致的时候她还会自己挑选一篇喜欢的小说翻译。

1915 年 1 月，杨先生出生于天津一个相当富裕的家庭，父亲杨毓璋曾经担任过天津中国银行行长。1934 年，杨宪益赴英国留学，1940 年获牛津大学文学硕士学位后回国，同时还"携带"了一位英国姑娘回来，那便是成为他夫人的戴乃迭。戴乃迭出生在北京，七岁后才回英国。她在牛津求学时是杨宪益的法国文学课上的同学，因为热爱中国文化，后来干脆改学中国文学，成了牛津大学获得中国文学学位的第一人。

娶了英籍妻子的杨先生在日常不断的"切磋"中，英语也更加精湛，几近出神入化。戴乃迭则会"抱怨"说：因为两人在一起常说英文，使得她的中文"变差了"。他们开启了最佳的组合模式：先由杨先生译出初稿，再由戴乃迭修改润色。

1982 年，杨先生发起并主持了"熊猫丛书"的出版工作，开辟了系统向海外介绍中国文学的一个窗口。作为当时唯一的一个专门对外翻译文学作品的机构，"熊猫丛书"面向一百五十多个国家和地区发行，既译介中国古典文学作品，也有鲁迅、巴金、沈从文、孙犁等现代名家名篇，同时也使得中国当代作家们由此走向海外。

对于自己在翻译领域取得的成就，杨先生看得十分淡然："我也没做什么太多的事，也就是翻了点德文，翻了点法文，翻了点希腊文，翻了点意大利文，要不就翻点英文什么的；也就是把《红楼梦》《老残游记》《儒林外史》给译成了洋文，介绍到欧美去了……"

多少译者穷其一生都望尘莫及的成就，杨先生用这样几句话平平道出。

既是翻译家也是诗人

杨先生称他的翻译是工作，"因为乃迭喜欢，我也就做了"，那么写诗则是真正体现他才气与性情的雅事了。

他曾经有一本诗集《银翘集》于 1995 年在香港出版，里面收有一百三十多首旧体诗，既有针砭时弊、金刚怒目式的愤世之作，也有酣畅淋漓、直抒胸臆的快意文字，更有不少诙谐幽默的打油诗。之所以起名为《银翘集》，杨先生在序言中自己解题：与黄苗子写诗唱和时曾有诗"久无金屋藏娇念，幸有银翘解毒丸"，"银翘是草药，功效是清热，我的打油诗既然多半是火气发作时写的，用银翘来败败火，似乎还合适"。

他在《题丁聪为我漫画肖像》中是这样对自己总结的：

少小欠风流，而今糟老头。

学成半瓶醋，诗打一缸油。

恃欲言无忌，贪杯孰与俦。

蹉跎惭白发，辛苦作黄牛。

他还写过一首《读〈废都〉随感》刊登在《文艺报》上：

忽见书摊炒《废都》，贾子才调古今无。

人心不足蛇吞象，财欲难填鬼画符。

猛发新闻壮声势，自删辞句弄玄虚。

何如文字全删除，改绘春宫秘戏图。

杨先生是个淡泊名利的人。作家谌容的中篇小说《散淡的人》，就是以他和夫人为原型而写的。他从来不提自己的壮举与善行，比如，在抗战时曾捐过一架飞机；比如，长期接济生活窘迫的朋友。在别人看来是珍贵的物品，杨先生随手就送人了，毫不介意。他曾经把自己珍藏的两百多件书画文物无偿捐献给了故宫博物院。他即兴写的诗更是随写随扔，靠朋友们收集才留存了下来。

抽烟，喝酒，不运动

杨先生住在单位大院内的专家楼里时，每年元旦都会和夫人一起到社里来参加"新年会餐"。每次，杨先生都会带上几瓶白酒分给各个语文部，还会让同事到他家里拿一箱柑橘让大家分享。

杨先生好酒是出了名的，每次喝酒都会脸红，但并不醉倒，大概他所追求的是一种"仙"的境界吧。杨先生为人处世颇有魏晋之风，黄苗子就称他为"现代刘伶"，还为他画过一幅题为"酒仙"的漫画，图中的杨先生抱着一个酒坛子自乐，活脱一个酒翁形象，真正应了他诗中的一句话"有烟有酒吾愿足"。当别人问到他的长寿秘诀时，他的回答出人意料："抽烟、喝酒、不运动。"

杨先生是个好客而又大度的人，他们家的书柜里放满了各种各样的外文书和原版录像带。我曾到他家去借过几盘录像带，杨先生亲自为我打开柜门指点着，一边说："随便拿，随便拿。"有时候，我们几个同事一起约好了去他家看录像，杨先生便会拿出酒，戴乃迭则拿出巧克力、花生等食品招待我们。因为是原版带，有的地方不好懂，杨先生便在一旁为我们"同声传译"，他的言行就像一个让人很感亲切的长者，全然没有大翻译家的架子。戴乃迭的中国话说得比较慢，但不时也会说出一些很幽默的话来，把大家逗乐。

退休以后，他们的身体渐渐不如以前了，来单位时上下楼梯也感到了吃力。1999年，戴乃迭的去世对杨先生的打击很大。失伴的痛苦让晚年的杨先生难以释怀，他从此放下了译笔。他的精神也大不如前，更多的时候是待在家里，喝喝闷酒、会会朋友，出门的次数也变得越来越少了。

2009年11月23日，杨先生因病去世，享年九十五岁。送别的那天，我和以前的同事们都去了。杨先生安详地躺在鲜花丛中，仿佛还是那个把身外之物看得很轻的散淡的君子，就像他从未离去一样。

（《作家文摘》2019年总第2284期，摘自2019年11月4日《文汇读书周报》）

汪曾祺：泡在酒里的老头

妈妈高兴的时候，管爸叫"酒仙"，不高兴的时候，又变成了"酒鬼"。做酒仙时，散淡洒脱，诗也溢彩，文也隽永，书也飘逸，画也传神；当酒鬼时，口吐狂言，歪倒醉卧，毫无风度。仙也好，鬼也罢，他这一辈子，说是在酒里"泡"过来的，真是不算夸张。据爸说，他在十来岁时已经在他父亲的纵容下，能够颇有规模地饮酒。

最初对"爸与酒"的印象是在我三四岁的时候，说来奇怪，那么小的孩子能记住什么？却偏把这件事深深地印在脑子里了。

那天，保姆在厨房里热火朝天地炒菜，还没开饭。爸端了一碟油炸花生米，一只满到边沿的玻璃杯自顾自地先上了桌。我费力地爬上凳子，跪在那儿直勾勾地看着他，吃几个豆，抿一口酒，嘎巴嘎巴，吱拉吱拉……我拼命地咽口水。爸笑起来，把我抱到腿上，极有耐心地夹了几粒花生米喂给我。用筷子指指杯子："想不想尝尝世界上最香的东西？"我傻乎乎地点头。爸用筷子头在酒杯里蘸了，送到我的嘴里——又辣又呛，嘴里就像要烧起来一样！我被辣得没有办法，只好号啕起来。妈闻声赶来，又急又气："汪曾祺！你自己已经是个酒鬼，不要再害我的孩子！"

五岁的时候，我再次领略了酒的厉害。那一年，爸被"补"成了"右派"，而我们对这一变故浑然不知。爸约了一个朋友来家喝酒。在昏暗的灯光下，两人都阴沉着脸，说的话很少，喝的酒却很多。我正长在不知好歹的年龄里，自然省不下"人来疯"，抓起一把鸡毛掸子混耍一气……就在刹那间，对孩子一向百依百顺的爸忽然像火山一样地爆发起来！他一把拎住我，狠狠地掀翻在床上，劈手夺过鸡毛掸，没头没脑地一顿狂抽。我在极度的惊恐中看到了他被激怒的脸上那双通红的眼睛，闻到了既熟悉又陌生的浓烈的酒气……后来我总是提醒爸爸："你打过我！"他对这唯一的"暴力事件"后悔不已，说："早知道你会记一辈子，当时我无论如何都会忍一忍。"我对爸说："我不记恨你，我只是忘不掉。"

爸结束了"右派"生涯回到北京时，我们家住在国会街。他用很短的时间熟悉了周围的环境，离家最近的一家小酒铺成了他闭着眼睛都找得到的地方。酒铺就在宣武门教堂的门前。窄而长的一间旧平房，又阴暗，又潮湿。一进门的右手边是柜台。柜台靠窗的地方摆了几只酒坛，坛上贴着红纸条，标出每两酒的价钱：八分、一毛、一毛三、一毛七……

爸许愿给我买好吃的，拉我一起去酒铺。（妈说，哪儿有女孩子去那种地方的？）跨过门槛，他就融进去了，老张老李地一通招呼。我蹲在地上，用酒铺的门一个一个地轧核桃吃。已经轧了一大堆核桃皮了，爸还在喝着，聊着，天南地北，云山雾罩。催了好几次，一动都不动。终于打算离开，可是他已经站立不稳了。拉着爸走出酒铺时，听见身后传来老王口齿不清的声音："我——告诉你们，人家老汪，不是凡人！大编剧！天才！"回头看了一眼，一屋子人都醉眼惺忪的，没有人把老王的话当真。回家的路上，爸在马路中间深一脚浅一脚地打晃，扶都扶不住，害得一辆汽车急刹车，司机探出头来大骂"酒鬼"，爸目光迷蒙地朝司机笑。我觉得很丢人。

"文革"初期，爸加入了"黑帮"的行列，有一段时间，被扣了工资——对"牛鬼蛇神"来说，这种事情似乎应在情理之中。于是，家里的财政状况略显吃紧。妈很有大将风度，让我这个当时只有十三四岁的孩子管家。每月发了工资，交给我一百块钱（在当时是一大笔钱了），要求是，最合理地安排好柴米油盐等家庭日常开销。精打细算以后，我决定每天发给爸一块钱。爸毫无意见，高兴地算着："五毛二买一包香烟，三毛四打二两白酒，剩一毛来钱，吃俩芝麻火烧！""中午别喝酒了，"我好言相劝，"又要挨斗，又要干活儿，吃得好一点。"爸很精明地讨价还价："中午可以不喝，晚上的酒你可得管！"

一天早晨已经发给爸一块钱，他还磨磨蹭蹭地不走。转了一圈，语气中带着讨好："妞儿，今儿多给几毛行吗？""干吗？""昨儿中午多喝了二两酒，钱不够，跟人借了。"我一下子火了起来："一个'黑帮'，还跟人借钱喝酒？谁肯借给你！"
爸嘀咕："小楼上一起的。"（小楼是京剧团关"黑帮"的地方。）
我不容商量地拒绝了他。被我一吼，爸短了一口气，捏着一块
钱，讪讪地出了门。

晚饭后，酒足饭饱的爸和以往一样，又拿我寻开心："胖
子胖，打麻将。该人钱，不还账。气得胖子直尿炕！"我也不
甘示弱，不紧不慢地说："胖子倒没欠账，可是有人借钱喝酒，
赖账不还，是谁谁知道！"爸被我回击得只剩了臊眉耷眼的份
儿了。

第二天，爸一回家，就主动汇报："借的钱还了！"我替他
总结："不喝酒，可以省不少钱吧？"他脸上泛着红光，不无得
意地说："喝酒了。""嗯？""没吃饭！"

我刚从东北回北京的那段日子，整天和爸一起待在家里。
他写剧本，不坐班；我待业。一到下午三点来钟，爸就既主动
又迫切地拉着我一起去甘家口商场买菜。我知道，买菜是他的
责任，也是他的借口，他真正的盼头在四点钟开门的森隆饭庄。
出门前，爸总要检查一下他的小酒瓶带了没有。买了菜，马上
拐进森隆。饭庄刚开门，只有我们两个顾客。爸给我要一杯啤
酒，他自己买二两白酒，不慌不忙地嘬着。喝完了，掏出小酒
瓶，再打二两，晚饭时喝。我威胁他："你这样喝，我要告诉
妈！"爸双手抱拳，以韵白道："有劳大姐多多地包涵了！"

爸的喝酒一向受到妈妈的严格管制，后来连孙女们都主动
做监管员。汪朗的女儿和我女儿小的时候，如果窥到爷爷私下
喝酒，就高声向大人告发，搞得爸防不胜防，狼狈不堪。一次

老头儿在做菜时"偷"喝厨房的料酒，又被孩子们撞到，孙女刚喊"奶奶"——老头儿连忙用手势央求。她们命令爷爷弯下腰，张开嘴，俩孩子踮着脚尖嗅来嗅去，孩子们对黄酒的气味陌生，老头儿躲过一顿痛斥。

多年以后的一个星期天，我们回家看爸爸妈妈。爸缩在床上，大汗淋漓，眼里泛出黄黄的颜色。问他怎么了？他痛苦不堪地指指肚子，我们以为是肝区。唉，喝了那么多年的酒，真的喝出病来了。送爸去医院前，妈非常严肃地问："今后能不能不再喝酒？"爸萎作一团，咬着牙，不肯直接回答。

费了九牛二虎之力，好歹把爸弄到诊室的床上，医生到处摸过叩过，又看了一大摞化验单，确诊为"胆囊炎急性发作"。大家都松了一口气。我蹲下为爸穿鞋，顺便问大夫："今后在烟酒上有什么限制？"话音未落，很明显地感到爸的脚紧张地僵了一下。大夫边填处方，边漫不经心地说："这个病与烟酒无关。"

"嘻嘻……"爸马上捂着嘴窃笑，简直像是捡了个大便宜。刚刚还挤满了痛苦皱纹的那张脸，一瞬间绽出了一朵灿烂的花儿，一双还没有褪去黄疸的眼睛里闪烁着失而复得的喜悦！刚进家门，爸像一条虾米似的捂着仍在作痛的胆，朗声宣布："我还可以喝酒！"

然而，科学就是科学，像爸这样经年累月地泡在酒里，铁打的肝也受不了。晚年时，他的酒精性肝炎发展为肝硬化。医生明确地指出问题的严重性。爸在他视为生命的写作和酒之间进行了折中的处理：只饮葡萄酒，不再喝白酒。在一段时间里，他表面上坚持得还算好。

1997年4月底，爸应邀去四川参加"五粮液笔会"。临行前，我们再三警告他：不准喝白酒。爸让我们放心，说他懂得其中的利害。笔会后爸回到北京，发现小腿浮肿，没过几天，5月11日夜里，爸因肝硬化造成的食道静脉曲张破裂而大量吐血。这次他真的知道了利害。在医生面前，他像一个诚实的孩子："在四川，我喝了白酒，"爸费力地抬起插着输液管的手，用拇指和食指比画着，"这样大的杯子，一共六杯。"

爸的喝酒一直是我们全家的热门话题。无论谁怎样努力，都没有办法把他与酒分开。和爸共同生活的四十多年里，我们都明白，酒几乎是他那闪光的灵感的催化剂。酒香融散在文思泉涌中。记得有一次和爸一起看电视，谈到生态平衡的问题，爸说："如果让我戒了酒，就是破坏了我的生态平衡。那样活得再长，有什么意思！"也许，爸爸注定了要一生以酒为伴。酒使他聪明，使他快活，使他的生命色彩斑斓。这在他，是幸福的。

（《作家文摘》2016年总第1929期，摘自《独酌》，汪曾祺著，中国青年出版社2014年8月出版）

父亲李德伦的大提琴

·李鹿·

殷殷的父爱

我出生于解放战争时期，1948 年夏天当母亲快要分娩时，父亲赶着大车把母亲送到离石家庄不远的河北省获鹿县（今鹿泉市）杜北村的中国人民解放军野战医院。母亲被送进手术室分娩时，父亲就坐在门口的台阶上等待我的出生。由于我出生的地方叫"获鹿"，所以他们就给我起了个名字叫"鹿"。

父亲告诉我，那个时候国民党的飞机经常轰炸解放区，他和母亲还有部队的叔叔阿姨们就轮流抱着我躲避空袭。那时部队每天都行军，部队里的小孩子就像电影《啊！摇篮》里的情景一样，一个驴背上挎着两个筐，一边放着我，另一边放着王昆阿姨的儿子周七月。有的时候坐大车，我母亲抱着我，王昆阿姨抱着七月，就这样一直走到北京。进北京之后，部队住在清华大学。由于条件所限，男同志和女同志分开睡地铺，母亲就带着我和其他的女同志一起睡大通铺。那时，我的父母所在的中央管弦乐团还为清华大学的师生们演出音乐会。

经过长时间的行军，我的父亲母亲及他们的战友身上穿的军服已经很破旧了，但是他们都把乐器擦得锃亮，为清华大学的师生们演奏了贺绿汀创作的几首管弦乐曲，还演奏了莫扎特的《小夜曲》。

待我长到三岁时，父母就把我送进了位于东城区汪芝麻胡同的北京市第一幼儿园。那时我家的经济条件并不好，可是我家住在西堂子胡同一号，从窗户就可以看到王府井大街的霓虹灯。父亲也经常带我到东安市场转转，我一看到橱窗里琳琅满目的儿童玩具就想要，父亲只能把我从橱窗边拉开，抱着号啕大哭的我回家。

1953年，父亲被派到苏联莫斯科柴可夫斯基音乐学院留学。在他快要离开北京的那段时间，我突然不断地生病，开始是麻疹，后来又转了肺炎。当我躺在第六医院的病床上，迷迷糊糊发着高烧时，有一只大手把我从梦中摇醒，我一睁眼就看见了父亲和母亲慈祥的笑容，他们把一个小柜子放在我面前。我一看那是我梦寐以求的玩具，有两扇带着镜子的柜门，下面还有小抽屉。现在回想起来，真不知道父母亲为了买这个小柜子费了多大劲，凑足了这笔钱。

一件珍贵的礼物

父亲到苏联留学时，我们全家就靠母亲一个人的工资维持生活。全家六口人，有奶奶、大娘（1950年就到我家的老保姆）、母亲、我和妹妹、弟弟。每个月初发工资的时候，母亲就去还账，到了月中没有钱了，又找歌剧院的同事们借钱。一直到1957年父亲从苏联回国，我家的生活才逐渐好起来。

还记得父亲从苏联回来的那一天，我们都到前门火车站去接他。他还给我们三个孩子买了礼物。我们迫不及待地想看看礼物，父亲叫我们别着急，让我们第二天早上到他的房间去。那时，我们住在交道口东大街31号。第二天，我们三个孩子早早地起了床，走进父亲的房间，就看见书桌上有一件非常大的东西被报纸盖着。当我们把报纸揭开后，马上就惊呆了，一座美丽的宫殿呈现在我们眼前。这座美丽的宫殿就是父亲头一天夜晚用砖积木（用真砖的材料做成，每块砖积木像麻将牌一样大小，一面是凹进去的小坑，另一面是凸出的小点，垒起来就可以搭建成各种不同的建筑）一块一块搭建而成的。我可以想象得出，父亲为了搭建这座美丽的宫殿大概一夜都没有睡觉。

父亲从苏联回国后，就被安排到中央乐团工作，随后我们全家也搬到了中央乐团的所在地和平里。那时我已经上小学五年级了，每逢冬天，一放学我就急急忙忙往家赶，把我那冻得像胡萝卜一样的小手放在父亲那宽厚而温暖的大手里。

历尽沧桑的大提琴

说起父亲的大提琴，那可算得上一件古董了。这把琴，法国造，淡黄色的琴板透着古朴的光泽。这把琴原来的主人是一位犹太裔大提琴家罗曼·杜克生，他原来是斯德哥尔摩歌剧院的首席大提琴家，"二战"时期为了躲避希特勒对犹太人的迫害来到了中国上海避难。20 世纪 40 年代父亲考入上海国立音专（今上海音乐学院）后拜杜克生先生为师，成为杜克生先生的第一位中国学生。战后杜克生先生离开上海去了美国，临走时父亲花十块现大洋从杜克生先生手中买下了这把琴。

1946 年，父亲带着这把大提琴和欧阳山尊先生募集的一批乐器奔赴革命圣地延安。组织上安排父亲到刚刚建立的延安中央管弦乐团当教员，后来母亲也通过南京梅园新村周总理的安排奔赴了延安。我的父亲母亲在延安的工作就是给从各个部队招上来的小八路上课，从早晨开始一个人一个人地教。母亲负责教小提琴和中提琴，父亲负责教大提琴和低音提琴。尤其是父亲，除了教弦乐，还要教木管、铜管，其中许多乐器父亲也没学过，他就边看书、边学、边教，当时延安中央管弦乐团的演奏员多半是他的学生。

新中国成立后，父亲忙于指挥工作，这把大提琴就一直放在家里的柜顶上。小学快毕业时，父亲问我毕业后有何打算，我向父亲提出了学大提琴的想法，父亲对我的想法非常支持，在我考入中央音乐学院附中时，父亲郑重地把这把历尽沧桑的大提琴送给了我。从此，这把大提琴成了我家珍贵的传家宝。

（《作家文摘》2017年总第2041期，摘自2017年6月6日《北京青年报》）

母亲林海音的晋江会馆

· 夏祖丽 ·

晋江会馆与《城南旧事》

那年 8 月中旬北京还在溽暑中，午后的南城倒还清静，我们在全聚德吃了烤鸭，先到父母亲念过的师大附小转了一圈，穿过专卖古籍古玩、笔墨纸砚的琉璃厂西街，到了南柳巷，左拐，走一小段路，再度来到 40 号和 42 号。这是当年专给福建和台湾乡亲住的晋江会馆，也是母亲的自传体小说《城南旧事》的背景。

第一次来晋江会馆，是在 20 世纪结束前一年的冬季，为撰写母亲的传记《林海音传》收集资料。当时母亲已卧病在床，2001 年 12 月，她在台北去世。

1923 年，母亲五岁，跟随父母从台湾迁居北京。外公去世后，外婆带着七个孩子搬进不用付房租和电费的晋江会馆，母亲是老大，那时只有十三岁。从 1931 年到 1948 年底回到台湾，晋江会馆是林家在北京住得最久的居所。

晋江会馆建于清康熙年间，由泉州人、水师提督万正色捐宅。全院有北房五间，南房、东西房各三间，有两道门和影壁及月亮门。林家住在 40 号的北房。1949 年后，会馆的四合院被分成两个小院，又加盖了好几家，成了个十几户的大杂院。幸运的是，再度造访看到母亲笔下"春天落了一地白色槐花，像覆盖了一层白雪"的三棵大槐树还在，算算少说也上百年了。

修缮开放《城南旧事》实景

我第一次到晋江会馆，母亲记忆中的店家都不见了。家家门窗紧闭，门口堆放了一摞摞蜂窝煤，一束束大葱放在窗沿，成串晒干的葫芦挂在檐下，依稀听见屋里有人走动说话。这次来，会馆的外表和记忆里差不多，朱红大门上的油漆剥落已久，两个狮子开口的大铜环还在，门边墙上多了块北京市西城区文化委员会立的牌子，上面写着：

晋江会馆（林海音故居）

　　建于清代，为福建晋江会馆旧址，林海音于 20 世纪 30 年代随其母在院内北房居住。林海音（1918—2001），原名林含英，现代著名作家，以她在宣南地区童年生活为背景的《城南旧事》一书，影响深远。故居为一进四合院落。

2009年7月故居被西城区人民政府公布为区级文物保护单位。

《城南旧事》1960年首次在台湾出版，多年来受到海峡两岸一代代读者的喜爱，历久不衰。20世纪80年代上海导演吴贻弓将这部经典名著拍成同名电影，得到好几项中国与国际大奖。母亲林海音成为大陆读者最敬重喜爱的台湾作家之一。

珍藏在床底下的匾额

距离上次来晋江会馆已过了好些年，那天我和丈夫至璋进入静悄悄的小院，发现好几家已经搬走。我们在窄院里绕了两圈，竟然认不出林家。有个年轻工人正在空房子里刷油漆，问他知不知道写《城南旧事》的林海音住哪间，他摇摇头。

绕到后头，一位身着利落夏衫裤、满头灰发的妇人见我们四处张望，满口京片子问："您找谁呀？"

"找《城南旧事》林海音的家。"我说。

"就这儿了，您是哪位啊？"她又问。

"我是林海音的女儿夏祖丽，从台北来，您是……？"

"我叫王秀珍，当年我爹是照顾这个会馆的。"

"噢，您就是长班老王的女儿啊？我听我妈和舅舅提起过。"我说。

"1990年、1993年，你母亲来，我上天津女儿家避寒，没见着，可惜呀！倒是你舅舅林燕生那年来，见着了，他回台湾后还给寄来我们的合照。当年会馆里住了四家人，林家、萧家、辜家都是台湾人，我爹是给这三家管事的，就我们家是北京人。"王秀珍说。

我问王秀珍记不记得林海音，她点头说："记得噢，1948年他们回台湾时，我都十来岁了。你母亲人缘好，对人客气。"

王秀珍热心带我们看，一间间指着："这是原来的北房，这是西房，这是当年的前厅，这里曾是林家的厨房……"走到大门口，她指着门框上面说："这里原来挂了块会馆的匾额，1957年大门道改建被拆下来，扔到路口，我爹娘捡回来收着，没让红卫兵给砸了。后来老太太病了，别看她没什么文化，直到1974年走前还惦记着这块匾，嘱咐我好好收着，我一直把它藏在床底下。"

我们随王秀珍进屋，合力从她床底下拉出那块厚重的匾额，一块陈旧褪色的大木板，长一米半，宽半米，上面写着"晋江邑馆"四个大字，字体刚劲有力，可以想见当年挂在大门上的气势。

最初的惊艳

从北京回到台北，我去探望年迈生病的燕生舅。他已很少出门，说起往事，虚弱的身子好像特别有劲儿。他说："当今知道晋江会馆原貌的，恐怕只剩下我了。我们初搬到会馆时，除了看门的老钱，只住了一位福建同乡洪亮先生。洪先生满屋子的书，边养病，边读书。有时有位燕京大学的张延哲先生来找他，张先生后来做过台湾省财政厅长，他的太太朱秀荣在台湾办再兴中小学，很成功。"

早年，晋江会馆也住过一些文人雅士，清末泉州状元吴鲁就在这里写过后人称道的《百哀诗》。据说连战的祖父连雅堂先生 1913 年、1914 年也在此住过。

那次拜访燕生舅后，我从台北回到澳洲，不久收到他的信，信中他详细描述了晋江会馆的地理环境，学工程的他还画了一张图，准确标注出各家的居住位置。舅舅个性内向，沉默寡言，做事一丝不苟，办公一介不取。那次他难得写下一段感性文字："我永远记得第一次到晋江会馆看房子时，我们走进小院，一惊！好美！槐花落了满地，有两三寸厚吧，整院都是白的！"

那是我最后一次接到燕生舅的信，来年他就去世了！

（《作家文摘》2017 年总第 2024 期，摘自 2017 年 2 月 10 日《光明日报》）

黄永玉家的猫

·韩浩月·

在客厅里等候黄永玉先生出来。我们到的时候，他可能午休还未结束。客厅四周布满了沙发，最远处也是最大的那个沙发上，躺着一只毛色乳白的猫，它占据了整个沙发最中央的位置，睡姿没法用慵懒形容，更接近于惬意。我们这几位"入侵者"，顶多算几只偷偷溜进来的蚂蚁，并不值得它睁开眼皮看一眼。

黄永玉先生在北京通州有个万荷塘，是个著名的所在。万荷塘是个大院子，顾名思义院子里种满了荷花。但与院子的荷花特色相比，万荷塘更像是一个动物园，里面养满了猫、狗、鸡、鸭、鹅、鹦鹉、乌龟等。冬天的万荷塘有些冷，所以黄先生冬天会搬到顺义的一个别墅住着。这个别墅同样可以用动物园来形容。穿过封闭的长廊时，发现一只硕大的鹦鹉，这只鹦鹉就是他那幅著名作品《鸟》的原型——"鸟是好鸟，就是话多"。

这只鸟真是话多，声音还大，声如洪钟，不像是一只鹦鹉所能发出的声音。它的年龄有些大了，但气场十足，有着鹰一样的霸气。黄永玉家的所有动物，都散发着主人气质，仿佛它们才是这座宅子的拥有者，其他人都是为它们服务的。临走时，我找这只鹦鹉搭讪，连问了它几遍："你几岁了？"它根本不给任何反应，和别的只会谄媚的鹦鹉完全不一样。

在客厅里没等待多久，黄永玉先生走了进来。九十三岁的他看着依然精神矍铄，仍然在写他那部《无愁河边的浪荡汉子》，写了一两百万字了，才刚写到他的中学时代，每天平均一千字的速度，让同去拜访他的经常拖稿的年轻人感到汗颜。

黄先生掌控着谈话的节奏，聊他的创作，打算把客厅中间的桌子收拾一下，画一系列摔跤的画作，他说日本的那种摔跤（相扑）没美感，就是两个胖子往一块撞一下，没意思。中国的摔跤有礼仪、有学问，可以画上百幅姿态不同的作品，画完后可以结集出一本《摔跤集》。也聊他的生活，说他几年前在浴室洗澡不小心摔了一跤，这一摔，起码摔掉了他十年青春，不然现在仍然会像是八十岁出头的"年轻人"。

作为"最牛段子手"，黄永玉怎么可能不讲段子。他讲段子，是不需要诱导的，谈话到一定程度，那些段子就自然而然地溜了出来。黄老讲段子，颇像相声演员抖包袱，前面注重铺垫、刻画，最后一句炸响鞭一样，给个颠覆性的结尾……他是活在段子里的，关于历史，关于友人，关于过去的时代，都被他肢解分散于一条条段子里，活色生香。特别令人惊讶的是他的记忆力，讲过去的事情，时间、地点、人名，甚至天气、环境等，都清晰如昨。

聊天的时候，客厅里闯进来一只黑色小狗，大概也就是两个月大的样子，是黄先生在小区垃圾桶里捡来的，那么好看的小狗，不晓得为何会被遗弃。黄老在那里说着话，小狗欢快地、认真地、逐一地去啃客人的拖鞋，偶尔啃掉一只，就抱着拖鞋在地毯上打滚，整整两个小时的时间，小狗都在和客人的脚玩捉迷藏的游戏。黄永玉的眼光偶尔飘过来，并不评价小狗的这种行为，只是眼神柔软，有怜爱的余光。

黄先生家的院子，被玻璃挡门挡住了，院子里有七八只相貌相似的大狗在走动，乍一看，这些狗都像是狮子。据他说，这些狗都是他家很早就养的一条狗生的，"一口气生了十只"，黄先生说，语气中颇有对"英雄母亲"的钦佩。那些狗也特别有意思，动作缓慢，走动时有狮子一样的步伐，但又不是傲慢，带着点看穿世事人情的通透，被人围观的时候，也不觉得不自在，反正就是无视外界环境的变化。

黄先生讲，小黑狗刚被收养到家的时候，家里有只大狗对其宣示主权，狠狠地对它吠了几声。但仅仅是两天之后，这只小狗面对陡峭的楼梯一筹莫展时，那只大狗便上去帮忙，用嘴叼起它，一个台阶一个台阶地送上去，再一个台阶一个台阶地送下来，那种耐心与爱心，令观者动容。

黄先生很 nice，整个下午的交流，都是围绕着创作、动物和段子这三个关键词展开，此外，他还送给我们他设计的金鸡像章，为我们同行的一个朋友画速写画像。晚饭在黄先生家所在社区的一个四川餐馆进行，我们散步过去，拎着两瓶酒。餐桌是黄先生每次宴请客人常坐的那张餐桌，他说，林青霞每次来看他，也都是在这里吃饭，还说，今天来看他的这几位都是"壮汉"，不停地要求身边人帮这桌"壮汉"们加菜，再加菜。

与黄先生握别之后回家的路上，忽然想到一个细节，他十分爱猫，怎么没看到猫在家里？最早一进客厅，那只霸占整张沙发睡觉的动物，仔细回想起来，其实很有可能是一只长得非常像猫的狗……突然很想问黄先生一个无聊的问题："您家的猫都藏哪儿去了？"

黄永玉的猫，和薛定谔的猫一样，也有着不确定性，这真让人莞尔。

（《作家文摘》2017 年总第 2021 期，摘自 2017 年 3 月 24 日《新华每日电讯》）

白先勇先生二三事

·罗青·

钉死的窗户

白先勇把车子开进弯道，树篱旁迎面一株宝塔松，墨绿满眼，这就是他口中的"隐谷居"（Hidden Valley）了。下车，他直接把我让进客厅旁的客房，简单介绍了卫浴厕所与厨房冰箱的位置，嬉笑着说："不急不急，等一下，来厨房先喝一杯冰啤酒，再睡不迟，包你一夜好梦。"

酒毕，回到卧室，我感觉这客房好像从来没有人用过，一切整洁如新，气味却有些陈旧。想打开窗，透透晚风夜气，却发现两扇面对后院的窗户，全都被大粗钉子从屋内钉得死死的，根本无法打开。

把窗户钉死的事，我在台湾常见，尤其台风来时，只不过，台风一走，钉子就拔出来了。这里是美国加州圣塔芭芭拉，哪来的台风呢？我纳着闷。

第二天早上，我洗漱完毕，走进厨房，白先勇已经把锅里的荷包蛋、培根肉条煎好一半，桌上则是吐司、牛油、果酱、牛奶、橙汁，一应俱全。我拿起橙汁抿了一口，问道："怎么你家窗户都钉死了，这里又没台风，是被小偷偷过？"

"罗青呀，哎哟！你可真是不知道耶！"他回过身来，把手往我肩上虚虚一撇，姿势美妙，"这里的女学生太厉害了，我搬到这么隐蔽的地方都找得到，半晚上还会爬窗户进来，真是一点办法也没有。不钉死，怎么行。"

"可口美味"

我第一次遇见白先勇是在 1973 年的夏天。当时华盛顿州立大学放假，我得空与陈少聪的弟弟一起开车去加州访友。

在三藩市的最后两天，我竟与在圣塔芭芭拉做博士后研究的诗人王润华与淡莹夫妇联络上，于是便择时与陈同学拱手作别，搭上灰狗（长途巴士），会诗人伉俪去了。

当晚，白先勇从外地返家，听说我到了，第二天一定要请吃中饭。"你是《现代文学》的重量级作者，我是发行人兼社长，请你是当然的。"他在电话里兴奋地说。

白先勇比我早十年到美国，他 1960 年创办的《现代文学》只好请人代劳，换过不少任主编，到我为《现代文学》第 46

期写稿时，主编虽是何欣，组稿的却是余光中。1972年4月，余先生转告我，白先勇来信，说要多向我邀稿，最好每期都有，稿子可直接寄到美国给他，这样才万无一失。过了一年，我在西雅图收到白先勇关于《现代文学》的来信：

> 早就该跟你通信了，我写信总是拖拉，你不要见怪。《炒菜记》早已收到，寄给台北《现文》，约在51期刊出。这首诗非常诙谐，我很喜欢你的mock-heroic（戏拟史诗）的调子。你的诗集《吃西瓜的方法》，已收到了，非常感谢。我差不多都看完了，实在佩服你的诗才……最令人感动的是最后几首《月亮》。写现代的月亮，我们诗人中好像还没有写得这样好的。这个题目不好写，写的人太多了，但你却写得如此新鲜，真不容易。我注意到你的诗，节奏特别明快，大约跟你善用口语及双声、叠韵有关。另外一个特色是你的诗，深入浅出，这正是唐人绝句的佳处。可见得现代诗，不一定要人看不懂……

《吃西瓜的方法》是我的处女诗集，是痖弦提携发表后，又安排出版的。收录的都是大学时的习作，居然获得已成名家的他如此不吝好评，心中实在得意。

那天，我与王润华夫妇刚起床没多久，白先勇说到就到，人还没进门，门外笑语先响。"罗青呀罗青，哈哈，终于见面了。"他抓着我的手，握个不停，开怀地说，"今天我请你吃我们这里特别有的绿豆子浓汤，你尝过没，你们贤伉俪大概也没有，哎哟！这可真是可口美味，我包你们满意。"我摇摇头，表示闻所未闻。"那就更该尝尝啦！这玩意儿，听说是法国路易十四的最爱，希腊罗马人在公元前五世纪就吃上了，雅典街头常有小贩叫卖，是大大有来历有典故的，亚里斯托芬妮的喜剧《群鸟》就讲过 pea soup，怎么样，想试试吧……"

结果，豆子浓汤上来，一阵浓香，一盘翠绿，非常好看，令人食指大动。不过，一喝之下，浓稠如豆泥羹，味道有点偏咸，只有白先勇在那里赞不绝口，我们三人都默不作声，淡莹享用女士怕胖特权，只喝了一半，我与润华倒是怕扫了主人的兴，全都赔着大笑脸，喝了个盘底朝天。

"候鸟邻居"

两年后，我与白先勇在台北成了邻居。我回台湾后，住在敦化南路 351 巷父母家。白先勇每年暑假返台探亲，则住在 360 巷的敦化大厦，与弟弟白先敬一起经营晨钟出版社，算是我的"候鸟邻居"。

我到敦化大厦找白先勇谈事情，遇到过白先敬几次。只见他身形瘦削，神色沉郁，眉头微锁，遇到我，简单寒暄后就客气地说，你们聊，我失陪了，便走入里屋，那背影，一点也不像会招呼来事、客套拉稿的出版商，反倒有点卡夫卡的味道。回过头来再看白先勇，嘻嘻哈哈，笑口常开，举手投足之间便把气氛炒热，绝对是商场老手的派头，难怪他朋友满天下，粉丝爆信箱。

　　"你们兄弟二人，年轻时候一定十分纨绔，绝对是每晚都泡在舞场里的舞棍吧？"我开玩笑地问，"不然怎么写得出《金大班的最后一夜》那样的短篇妙品。"

　　白先勇闻言，立刻从沙发上正起了身子，把脸一抹说："西门町的舞厅，我总共才去过一回，还是被朋友拖过去的，我不会跳舞，也没有兴趣学。在那里干坐了一个晚上，东看看西听听，左聊聊右聊聊，就弄出了这么一个短篇。"接着，他又恢复了嬉笑的神情，"说来好笑，那年我到香港，遇到了太平绅士邵老板，友人怂恿说可以让'邵氏兄弟'把'金大班'搬上银幕啦，哪晓得邵老板问明了剧情后，喔了一声说'焚一片呀，焚一片，撒宁瞰哦'。"白先勇一面学着邵逸夫的口音，一面大笑着把双掌一拍，"现在流行的是'艳情片'，'文艺片'谁人看呀，哪来的票房哦。"不过，后来名导演白景瑞还是排除万难，在台湾推出电影版的《金大班的最后一夜》（1984），十分叫座，邵爵士此番算是看走了眼。

　　（《作家文摘》2018 年总第 2108 期，摘自 2018 年 1 月 18 日《南方周末》）

我的少年时代

·杨苡·

著名翻译家杨苡先生，译有《呼啸山庄》《天真与经验之歌》等作品，深受读者喜爱。她出生于天津，在这里度过了童年、少年时光。如今杨先生已九十九岁高龄，仍常念天津。

飞进一个新天地

1927 年一个晴朗的早晨，我的亲姐姐带着我踏上了家里的"黄包车"。在家里她排行第五，我是第六。

似乎出门是件大事，上车之前，母亲又一次认真地给我洗了一把脸，又把额前的刘海儿梳了梳，拍拍我的头，温和地说："去吧，听五姐的话，记住见了长辈要鞠躬，不能不理人！"于是，我们就上了车，五姐搂住我说："姆妈，我们去学校了。"

车夫一跑一跳地把我们送到挺远的地方——中西女子学校。姐姐已经在那里的附属小学要进高小了，俨然一副大姐姐的架势，我挺怕她。

我当时才八岁，糊里糊涂地被老师带进了初小的教室，我的前后都是跟我差不多高矮的女孩，我们这些小姑娘好奇地彼此偷偷看，不一会儿便熟起来。有三个同学和我在十年内从来没有分开过（除了寒暑假），其中一个比我大一岁，还有两个和我同年同月。

到了初中一年级，我们班上来了好几个姑娘，我们这一伙最要好的小伙伴又加了几个，成了一个好姐妹"小团体"。进了这个学校以后，每天从早晨到下午总离不了唱歌。我们特别喜欢，也不在乎好些字不认识，就是大家比着嗓门大声唱，唱得开心极了。

后来，小高老师教我们唱："山孩子到菜园去，菜园去，菜园去，在那里拣菜给兔儿吃，兔儿吃，兔儿吃。"我们先是站一个圈，一边唱一边跳着舞步，唱到"有人看到哈哈哈，必须要逮他他他"时，我们散开，用手指互相指着，再唱"不不不请你走，今天不跟你跳舞"，然后这个圈子大乱，"菜园主人"假装追孩子，孩子们笑着唱着，散开又聚拢，这时候简直妙极了！

静下来之后，老师就说："小兔儿吃什么呀？"我们大声说："吃青菜！"老师就开始一连串的教育了："偷菜园的菜对不对啊？人家看见了，还假装跳舞对不对呀？你们说是不是做了错事呀……"我们快乐地回答着，一辈子都记得老师的教训，不能说瞎话，不能随便拿人家的东西。

以后，我们又学唱颂主诗歌，好像还记得后来放学时总唱："功课完毕太阳西，收拾书包回家去，见了父母行个礼，父母对我笑嘻嘻！"但我不喜欢唱，因为我没有父亲，而母亲，在我的记忆中，从来是忧郁寡言的，没见她开口笑过。

中西的音乐教育

我在中西女子学校十年，从八岁唱到十八岁。我们学校提倡"德智体群"，非常重视素质教育，从小就得学唱各种歌，特别是颂主诗歌以及教人行善、待人真诚、助人为乐、同情弱者等的歌。回想起来，可以说我们从入校到毕业，没有一天不唱歌，我们唱得好开心！

后来学校请来一位美国人，叫格莱姆斯先生，这位音乐老师很神气，有派头，个子也大，我们都有点儿怕他。听说他在天津很有名气，还收了不少跟他学钢琴的青少年学生，所以也很富裕，后来他在英租界租了一大间华丽的"琴房"专门教钢琴课，自己则在法租界住宅区有一所房子，还有一辆他自己驾驶的小汽车。

格莱姆斯为我们学校做了一件光彩的事，他组织了一个代表学校的大型合唱团，教我们学唱英国维多利亚时期诗人丁尼生的名作，长篇叙事诗《夏洛特的淑女》，全部唱原文。那时，我们的英文已经相当不错了。我们排练了大约一个学期的课余时间，领唱的是高三学生伍檀生，她是个华侨，擅长女高音。一天晚上，在学校大礼堂召开的一年一度的音乐会上我们公演，也就唱了这么一次。我们全都穿着校服（白色绸制旗袍），手捧大本打印出来的歌谱，由格莱姆斯指挥，二部合唱。演出确实很精彩，谢幕时台下掌声雷动，格莱姆斯一次又一次地出来谢幕，我想这次音乐会也给他带来很高的声誉。

母校给我们种下爱好音乐的种子，深深地埋在我们的心灵深处。我们在高中时，比我们高几班的姐姐们，毕业时还筹款印出若干册中西师生常唱的中外名曲（包括三首校歌、宗教歌曲、圣诞歌曲、校园歌曲）。当我们忧虑、烦恼时，我们也会唱歌安慰自己或别人。因此，几十年漫长的岁月度过之后，我们中西同学在天津校友会上重聚时，都能意气风发地高唱我们的校歌，重温那绿色的青少年时代！

（《作家文摘》2017 年总第 2036 期，摘自 2017 年 5 月 12 日《今晚报》）

我和《我的祖国》

·乔羽口述，周长行、周潇湘整理·

"我家就在岸上住"

我的家乡山东省济宁市，是黄河岸边著名的水乡。大运河穿城而过，泗河水绕城而流，微山湖碧波荡漾。1927 年 11 月 15 日我出生时，正是中华民族灾难深重的危急时刻。

我来到世上第十天的上午，母亲正抱着我喂奶，突然一枚炸弹穿透屋顶直唰唰地栽到床前，冲起满屋烟尘，幸而是枚哑弹，我和母亲才大难不死。父亲闻讯赶来，找人把炸弹拖到野外引爆。

1941 年，我十四岁。弥留之际的父亲抚摩着我的手，两行泪水在面庞上浸漫着，沉默许久只说了一句话："你太小了！"在这多难之秋，父亲又撒手人寰，我顿觉人世的凄凉和无望。

1946 年春天，我正在济宁中西中学读书。因为成绩优秀，一位中共地下党员找到我说："你愿不愿意到共产党办的北方大学读书？"这真是天大的喜讯，我当即答应了。按照规定必须是秘密出行。我原名乔庆宝，必须给自己换一个新名字。正在冥思苦想时，看到外面正在下雨，灵感突现，就叫"乔雨"吧。觉得有点俗，遂又想到"羽"字，便有一种轻盈飘飞之感浸润心头。我当即告诉那位地下党员："我以后就叫乔羽了！"这一叫就是七十多年。

"左手一指太行山"

北方大学设在太行山根据地邢台县城近郊。我们坐着马车上了太行山，过黄河时正赶上河水断流，马车在沙土地上艰难地行进，把马累得大汗淋漓，咳儿咳儿直叫，我们就从车上下来跟着马车走。

路上走了六天才到。我被编入北方大学艺术学院文学系的高级班。太行山是我的课堂。几乎天天要行军，有时上课都在行军的路上，或蹲在山沟里，或坐在石头上。

1948 年秋，我毕业后进入华北大学剧本创作室，与光未然、贺敬之、崔嵬等诗人、剧作家在一起工作。

1948 年底，北京即将和平解放。我作为文管会成员，奉命进驻北京长辛店。在迎接新中国开国大典的日子里，我带领长辛店三千多名工人参加了入城彩排。1949 年 10 月 1 日，当毛主席用浓重的湖南乡音向全世界庄严宣告"中华人民共和国中央人民政府今天成立了"时，我站在金水桥上仰望国旗，热泪纵横。

"让我们荡起双桨"

电影《祖国的花朵》拍摄于 1954 年春天，是新中国第一部反映少年儿童幸福生活的故事片。那年我二十七岁，在中国剧本创作室工作。严恭导演认为这部电影的主题歌由我来完成最合适，一是在年龄上与少年儿童较接近，二是我创作发表的《龙潭的故事》《果园姐妹》《森林宴会》《阳光列车》等七八部儿童题材的剧作已受到小朋友的喜爱。严恭导演找到我说："花朵在春天里开放，我们的祖国已迈出春天的步伐，要把一种美妙的开始写出来。"

当时，我以一种近乎陶醉的心情接受了任务，可之后却被一阵阵燥热煎熬着。一连几天毫无灵感，干脆放放再说吧。

一天，我和热恋中的女友佟琦在北海公园租了条小船，和过队日的少先队员一起在湖上泛舟。忽见有一船孩子向我们划来，他们悠悠然划桨的神态，小船儿推浪而行的憨态，瞬间打开了我的灵感之门："让我们荡起双桨，小船儿推开波浪……对，对，对，就是这样，就是这样！"佟琦问："你这是怎么啦？"我说："快上岸，歌词来了！"我拉着佟琦连蹦带跳地来到一片绿草地上，掏出个小本子赶紧写起来：

让我们荡起双桨，小船儿推开波浪。海面倒映着美丽的白塔，四周环绕着绿树红墙。小船儿轻轻，飘荡在水中，迎面吹来了凉爽的风……

《让我们荡起双桨》就这样在北海公园诞生了，我长达半个多世纪的歌词创作生涯也开始了。

"这是美丽的祖国"

1956 年夏天，我正在赣东南、闽西一带原中央苏区，为创作电影文学剧本《红孩子》收集素材。长春电影制片厂导演沙蒙接连拍来电报，催我为电影《上甘岭》写主题歌。

我当时想一鼓作气把《红孩子》剧本写好，便回电恳请沙蒙找别人写。但沙蒙却不答应，又来了一封加急电报，电文长达数页，最后一连用了三个"切"字，三个惊叹号！

我只好遵命赶到长影，果真是十万火急，原来影片已经拍完，样片也已经剪出来了。只留下安排插曲的那几分钟戏，等歌曲出来后补拍。

我当即找人要来样片，躲在长影的小白楼里翻来覆去看了整整一天。尽管我是经历过战争的人，但《上甘岭》里残酷的战争场面还是让我惊心动魄，心绪难平。从此，我便沉浸在影片需要的那首歌词的创作当中。可半个月过去了，却没写出一个字，憋在那儿啦！

　　写不下去时，我总爱在一个篮球场上转来转去。一天，天气晴转多云，突然有几个雨点打在我脸上，接着便雷声大作、暴雨滂沱，大地一片水茫茫。大雨过后，我发现一群孩子正嬉笑着在水沟里放草船。万没想到，正是这个小小的细节，让我脑海里蹦出一句歌词："一条大河波浪宽！"

　　我急忙转身回屋，一口气就把这首好像在心底"储藏"了很久很久的歌词宣泄般地写了出来：

　　　　一条大河波浪宽，
　　　　风吹稻花香两岸。
　　　　我家就在岸上住，
　　　　听惯了艄公的号子，
　　　　看惯了船上的白帆。

　　　　这是美丽的祖国，
　　　　是我生长的地方，
　　　　在这片辽阔的土地上，
　　　　到处都有明媚的风光……

　　第二天早晨，沙蒙照例到我房间来转悠，我把稿子交给他看。不足两百个字的歌词他居然反复看了半个小时。最后，他只说了一个字："行！"就笑眯眯地走了。

　　紧接着，沙蒙找到作曲家刘炽为这首歌配上了优美的旋律，又找到郭兰英担任领唱。当《上甘岭》电影首映式结束时，热烈的掌声经久不息，沙蒙再也忍不住，哭了……

《我的祖国》为我的歌词创作生涯开了一个好头。从此，我把祖国的命运与个人的命运与歌词的创作紧密联系起来了。在我的上千首词作中，流传比较广、唱的时间最长的就是歌唱祖国的部分，可称之"祖国系列"。出版社整理我的歌词集时，数了数，属于这个系列的共有四十五首：比如 20 世纪 50 年代的《我的祖国》《祖国颂》；60 年代的《祖国晨曲》《雄伟的天安门》《人说山西好风光》《汾河流水哗啦啦》；八九十年代之后的《难忘今宵》《爱我中华》《祝福中华》《问国耻谁雪》等。其中《我的祖国》《爱我中华》《难忘今宵》被"嫦娥一号"卫星带入月球轨道，唱响在浩瀚的太空。

（《作家文摘》2019 年总第 2215 期，摘自《党建》2019 年第 3 期）

我和"天书"的最初缘分

·韩美林·

我的"终身伴侣"

儿时，我家在济南的大布政司街，就是现在的省府前街，东边一个巷子叫皇亲巷，连着的一个小巷叫尚书府。这个皇亲巷并没有皇亲，只是一个司马府的后门。在司马府后门旁边有一座庙，庙洞里有一个土地爷和一个供台，几进的院子里，有关公像、观音像，观音殿里还有一个私塾。我们街上的孩子常常在司马府后门和土地爷庙洞子里玩。

有一天放学早，我一个人来到土地庙，调皮的我无所事事，好奇地凑到土地爷大玻璃罩子里去看看有什么"情况"，没想到从土地爷屁股后面发现了"新大陆"。我伸手一掏，是书！后来掏出来的还有印章、刻刀、印床子。印章料有石头的、木头的、铜的……

　　小孩见到这些东西，那好奇劲儿、那高兴劲儿就甭提啦！我就地一坐，"研究"起来……后来，我每天大部分时间就是往这里跑，东西没敢拿回家，"研究"完了就送回土地爷屁股后面，这样挺保险，没人会知道。但又是谁将这些东西放到这里来的？至今仍是个谜。

　　从小好奇心"发达"的我，怎么也不会想到，这几本无意中掏出来的书——一本《四体千字文》、一部《六书分类》、两本《说文古籀补》，影响了我一生，它们让我与篆书相逢，也将我领向了与"天书"的结缘之路。

　　这是我此生第一次接触古文字，也是第一次接触篆书，这些像图画一样的文字对一个孩子来说，既新鲜又好玩。而我又喜于绘事，更是爱不释手，专心"玩"起了这些图画。后来，我偷偷把书一本一本拿回了家，直到小学毕业，这几本书就没有离开过我。再后来，它们成了我的"终身伴侣"。

　　我的故乡山东是孔子的家乡，从小学习写书法是天经地义的事。我五岁就学写字了。家里再穷，也没有放弃让我们写书法，尤其上了小学以后，寒暑假母亲怕我们玩野了，就把我们兄弟几个送到私塾去写字，学费不贵，每人只交一块钱。

　　因为土地爷赐的篆刻工具，那时我还"玩"起了篆刻，用刀在石头上、木头上刻，刻得满手都是血口子。后来我玩别的，像绘画、雕塑、陶艺，而且越玩越大，篆刻就顾不上了，但篆书却一直伴我终生。

贫民小学的深厚积淀

我是一棵从石头夹缝里生出来的小树。儿童时期，父亲早亡，母亲和奶奶两人把我们兄弟三人拉扯大。那时我两岁，弟弟还未满月。我上的小学是一个救济会办的正宗"贫民小学"。但是我们可不是破罐破摔的人家，我早上没有早点，吃的是上学路上茶馆门口筛子里倒掉的废茶。我家再穷也不去要饭，不去求帮告助，不偷不拿，活的就是一个志气。所以我小学连着两年拿的奖状不是优异成绩奖，而是拾金不昧奖。

虽然上的是贫民小学，但因为六个班里有三位美术、音乐老师，当时学校里演戏、唱歌、画画非常活跃。后来我上了大学听音乐欣赏课，才知道我小学时期已经熟记贝多芬、莫扎特的曲子，小学四年级就苦读了《古文观止》。一个洋小学让我们孩子知道"先天下之忧而忧，后天下之乐而乐""六王毕，四海一"，扎实的古文底子早已在小学给"奠"好了。此外，我们班主任还经常让我给他刻印（其实是鼓励我），有的同学也让我刻。拿着几本篆书的我，成了同学们羡慕和尊敬的对象。

后来才知道，我们小学的老师和来校访问过的老师、前辈，都是全国最著名的专家，像李元庆、赵元任、陈叔亮、秦鸿云等，都是中国文艺界的脊梁。我小学演话剧《爱的教育》，辅导老师就是秦鸿云，他是中国第一部无声电影的开拓者。

在我的童年里，石灰和墙就是我的纸和墨，我经常在人家的墙上乱涂乱画，尤其是新墙，让人告状而挨揍是家常便饭。另外，我们巷子的石头路，也是我画画写字的好去处。

"龙骨"上的天意

从小学开始，老师就把我当成"小画家"来鼓励。我前后上过两个小学，抗日战争胜利后转到济南第二实验小学，幸运的是我又遇上了一位好的班主任，他姓潘，古典文学、诗词、音乐都很精通，他平时用毛笔改作业和写条子。潘老师是写汉简的，我到他家去过两次，他写的满墙书法，都是我没见过的汉简，这是我最深的印象。

一直到小学毕业，我也没有接触到哪一个"高人"对我篆书的引导，因为我的老师都不写篆书。然而，丰富的知识却在这段启蒙时期齐刷刷地向我聚来，使我一个穷孩子达到了别人说什么我都能插上嘴的水平。

我们巷子口有家同济堂药店，每年我们都去那儿碾米。同济堂后院全是药材，它们被很有秩序地存在各个药架子上，屋里也有各种叠柜，放的什么好药我们小孩也管不着，但是他们院里晾晒的东西我却看到了。有个大圆簸箕上铺着一些黄表纸，上面放着一些骨头和龟甲，小店员说这是"龙骨"，每年年终都拿出来晾一下，叫"翻个身"，上面那些文字他讲不出来，说"一拿来就有"。

当时，我什么也没听懂，只知道这叫"龙骨"，是"药材"，等到后来才知道，这就是甲骨文啊！以前没有文化，中医拿着它当药材。年方六七岁的我，就能见到甲骨文，不管是巧合还是天意，毕竟一个小孩与这些古老文化纠缠上了，真是不可思议。

"龙骨"我不懂，治什么病我也管不着，但那些文字却在我的脑子里慢慢地生根开花了。好奇的我把它们当成了"图画"临摹了下来。从那以后，我的脑子里多了一个思考的内容——那些骨头上的画，每块骨头上字不多，几个、几十个，它们奇妙而又细腻，到老也没能从我脑子里抹去。

（《作家文摘》2018年总第2163期，摘自《拣尽寒枝不肯栖》，韩美林著，百花文艺出版社2018年3月出版）

《色·戒》拍摄亲历记

·沈寂口述，韦泱整理·

初识李安导演

2006 年 7 月 6 日上午，李安派陈风雷（上影厂老美工师之子）和李超华（香港感觉创作室电影有限公司《色·戒》摄制组制片）来我家，称李安导演大约在 11 日到上海，届时请我谈谈二十世纪三四十年代上海风情。我问李安导演为何找我，陈风雷答称，是香港《良友画报》一位女士介绍的。

我因与张爱玲熟悉，并知道她与胡兰成的一段恩恩怨怨、悲欢交集的恋史，感到《色·戒》虽以郑苹如的事迹为基础，然也写她自己。

11 日夜八时，陈风雷陪我到斜土路"鼎园"。李安导演在楼下门口接迎。上楼，在大客厅里座谈。我带去《色·戒》

小说稿和《传奇》座谈会记录中我的发言，以及张爱玲的著作年表。

主要由美工师（上影厂的）向我提问有关 20 世纪 40 年代上海南京西路景色和人物服装等。

李安在旁倾听，四周有七八位工作人员，或拍录像，或录音，或记录。我谈了两个多小时。李安向我表示感谢，还希望我今后多指导。

11 月 25 日，《色·戒》摄制组来沪拍戏。陈风雷驾车载我去拍摄现场，《色·戒》景地和摄影棚门禁森严，谢绝参观。

我先到美工组，见美工师，他询问我老城厢茶楼景色，"元宝茶"、点心等。

不久，李安自布景内走出，热情欢迎。

我先进男主人（汉奸）室内的客厅，正在拍女主人和女宾搓麻将一场戏。休息时，李安把我介绍给女主角汤唯，汤恭敬地起身，和我握手。我观察桌子，合要求。

又到外室，有女演员在试装，穿"一口钟"（一种皮草披肩），李安问我是否合适（因张爱玲小说未写明）。我说影片的时代和季节是 10 月中旬，穿大衣太厚，"一口钟"正合时，当时一般市民只穿绒线衣，最好也是穿灰大衣，汉奸新贵出客时可穿"一口钟"，显示高贵，然打牌或吃饭时须脱去。

后又去男主人公书房，布置异常雅致，显示男主人是文化汉奸，有孙中山的"天下为公"匾额和于右任的字，四周有各式古董等，及红木写字桌。李安称这完全是按照汉奸周佛海的书房布置的。

真实还原行刑场景

12 月 1 日美术制作赵娜莉来访，带来从提篮桥监狱里拍摄的牢房刑具，如老虎凳、手铐、火炙等照片，我一一指点，并告知如何行刑。自后，她不断来电询问，问我上老虎凳情况，我实告。

2007 年 1 月 8 日。下午，去车墩，赵娜莉先引领我去"南京西路"取景，平安大戏院很逼真。我还向美工指出平安戏院大走廊两旁有海报、剧照。1942 年 10 月，平安放映《乱世佳人》和《月宫宝盒》。

赵娜莉带我看刑房布景。刑房有老虎凳，我坐在上面，张开双手，示范给美工师看。

李安带领摄影师来与我见面，请我指导。

同时有人坐轮椅车进来，是位中年汉子，很壮实。他感到新奇，笑眯眯，不知上老虎凳是怎么回事。我告诉他，上刑时非常痛苦，要号叫，流泪，出汗。

有人将盖在中年汉子下身的毛毯拿掉，露出两段大腿，膝盖上下残缺。又有人把假肢（从膝盖到脚跟）的上、下扳机反拨（即不是像平常腿脚的下垂，而是上拗），则拍摄时，摄影师能全景拍下老虎凳行刑的残忍。

灌辣椒水的中年男子，自称有吸水能力，不怕灌水。我有些担心，恐怕拍得不真实，要求他也要作痛苦状。

李安在旁观听，要道具师取来辣椒水，问我什么颜色，我称是黄的，取来一看，果然黄色。拍摄时，不知是否故意，或许是临时慌张，中年汉子原能屏气不吸水的本领全无，咳呛不已，几乎气塞，完全真实。

听李安导演谈拍戏

一天，赵娜莉告诉我，李安导演要见我。我进到珠宝店景内。当时摄制组人员都离去，景内只李安和副导演两人。他关上门，请我坐在椅子上，缓缓地说："小说中那颗六克拉的钻石戒指是主要道具，必须是真的，我们想尽办法，终于找到了——"他向副导演招手，副导演过来，从上衣内口袋里取出一个红布包，打开，一颗小红枣大小的钻石在灯光下闪闪发光。李安在旁问："你看好不好？"我将副导演的手轻轻往上一抬，见到钻石的表层上浮着薄薄的光晕（珠光宝气），连声叫好。李安导演笑了。

我知道，李安导演首先告诉我六克拉钻石难找，我也认为不可能找到。他不愿在银幕上以假代真，而且真的六克拉钻石可以成为影片的卖点，他特地请我来亲眼见到，可以证明是真的宝石。

接着，他邀我一起吃饭。他说："我选中《色·戒》，因为这是张爱玲小说中最完美的一篇，有人不以为然，你认为如何？"

我回答："我读过张爱玲所有小说，别的作品她写别人，

《色·戒》写她自己。虽然是借郑苹如的故事，却透露她本人的心意。"

李安微微一笑，似乎很同意。他又说："我喜欢这篇小说，因为它本身就是一个电影剧本，符合电影剧本结构的要求。"

我建议："钻戒是影片的主要道具，贯穿全剧，是否一开始就出现？"他表示可以考虑。

谈到演员问题，他特别称赞梁朝伟，说汤唯也不错，毕竟是新演员，需要磨合，将来必然有出色成绩。

首映式上受到特别感谢

此后，我不再见到李安。但不时地接到美工师的电话，询问"特高课"情况，以及西康路 24 路无轨电车情况、车票样式。

上海拍摄完成，李安回美国，请陈风雷赠我纪念册。

2007 年 11 月 1 日。《色·戒》于当晚在影城举行首映仪式，陈风雷送来请帖，请我与夫人参加。

七时半，李安偕汤唯入场，全场欢呼。李安在感谢上海影视集团和《色·戒》工作人员后，又提出："我要特别感谢沈寂先生对《色·戒》作出的贡献。"同时呼喊："沈寂先生来了没有？"我只得起立，众人鼓掌，我也鼓掌。

（《作家文摘》2017 年总第 2066 期，摘自《档案春秋》2017 年第 7 期）

父亲梁羽生更愿是诗人或名士

·陈心宇·

　　回想儿时，父亲（本名陈文统，1954 年他第一次以"梁羽生"这个笔名发表作品）的书房必然浮出脑海。20 世纪 60 年代香港空调不普及，亦不便宜，只有父亲的书房安装了空调。夏天炎热，我放学后便待在他的书房中。书房摆放了不同类别的书籍，对于从小喜欢看书的我，无疑是进入了一个宝库。我下午便在他烟雾弥漫、窗花熏黄的书房中，一边看书一边看着父亲肥胖的背影在急速地爬格子。

　　儿时印象中的父亲是很严肃的。他是旧派人，家教甚严，"严父慈母"常挂在口边。直到上中学后，我们才真正有所沟通交流。我看他的小说不多，而他对我说他的小说创作心得也不多。他说得最多的是历史，名人逸事，尤其是诗词、对联的创作技巧与品赏。

　　从小观察他写作，我最欣赏的是他对创作诗词、书中联目的投入和执着。父亲从小酷爱中国古典诗词，一生投入在诗词、对联的研究上，更将在这方面的创作放进其作品中。我喜欢父亲小说的回目、诗词，多于其小说中的情节。

父亲生前著作很多，除武侠小说外，还有散文、历史、名人逸事、诗词、对联的研究、棋谱，等等。他一生只送了一本书给我，另嘱托我给他好好保留一套书。前者是《笔花六照》，后者则是《名联观止》。他说《名联观止》乃其一生治学心血之所在，得好好保存，使此书能留传后世。

父亲对诗词的喜爱是直至最后一刻，他在临终前数月《唐宋词选》不离身，手握此书重复翻读至残如破卷；他还不时在书中写下一些阅后心得，令我体会到《论语》"朝闻道，夕死可矣"这句话。在弥留清醒时看见我在身旁，他对我念了一遍柳永的《雨霖铃》，此后再无语。

父亲移居澳大利亚可以说是他人生的一个分水岭，不仅是他"金盆洗手"不再写武侠小说，他的人生处世态度亦有很大的转变。父亲受传统中国文化影响甚深，颇有名士气，有时做人处世不免有点我行我素。在社交聚会中遇上一些从商或国学文化不足的朋友，他会觉得话不投机，不多搭理。移居悉尼后，他就像回到童年时代，戏玩人生。他常和一群青年人谈天说地，玩游戏直至深夜。他爱吃东西，二十多年来与住所附近的食店、餐厅的老板服务员，不论种族、年龄、阶层，都混得熟络，如老朋友般。此前他给人的印象是一个传统的旧式中国文人，晚年竟能融入截然不同的异地文化，令我颇感意外。

当然父亲一生亦不免有遗憾之事。他以武侠小说成名，但他心里更希望自己的诗词、文学艺术创作能得到认同。父亲生于 20 世纪，时也运也，他成为新武侠小说的开山名家，在小说家中占一席之位。如果他生于 19 世纪或身处更早的年代，他的小说只会被视作一种"闲书"，不入殿堂。但他也许能成为一位受士林拥戴的诗人或名士。我猜想，这是他更希望得到的地位。每次到他坟前，看见他碑上所刻的自挽联"笑看云霄飘一羽，曾经沧海慨平生"，都不免勾起这份迷思。

（《作家文摘》2016 年总第 1953 期，摘自 2016 年 5 月 3 日《文汇报》）

第三章　与世付真意

姑父茅以升与《蕙君年谱》

·戴平·

　　1967 年 1 月 13 日，我的大姑妈戴传蕙去世，姑父茅以升极其伤心。1970 年，他对姑妈的伤感微微平复，便利用这段难得闲暇的时间，为纪念妻子而编述《蕙君年谱》，历时一年余，至 1971 年 7 月书毕，自她十九岁写至终年七十三岁，共十万字。姑父在序中写道：

> 书中关于我的记事特多，似成我的自传，我的一生是和蕙君分不开的。所有我的事业，都有蕙君的一份，写我正是写她。不论写她、写我，都是我对她和她的六个子女的一番交代。

婚礼上"目眩神移，莫知所措"

姑父在年谱的开篇对姑妈作了如下记述：

> 幼承家学，聪慧过人，好文学，工家务，堂上钟爱，
> 戚尚传闻。

姑妈戴传蕙，姑父一直称之为"蕙君"。她气度娴雅，脸庞圆润甜美，一双大眼睛动人含情，而且知书达理，写得一手端丽的小楷。他们的婚事是父母做主定下的。姑妈生于江苏扬州一个诗书之家，父亲戴祝尧，文学和书法在当地是一流的，终生以教书为业，同茅家是门当户对。两家还有亲戚关系，戴传蕙的三婶是茅以升的姨妈，正是通过这位姨妈的撮合，二人结下了姻缘。

大姑父和她一见面，就非常喜欢。1912 年，姑父十八岁，于扬州小东门粉桩巷戴府与姑母成婚。《蕙君年谱》记曰：

> 蕙君衣轻縠，曳罗裙，云髻蛾蛾，容光焕发，我和她
> 行礼时，目眩神移，莫知所措。

结婚时，姑父送给妻子的礼物是沈三白的《浮生六记》。结婚后，姑父回到唐山路矿学堂读书，毕业后又去美国留学，

姑母独自带着长子茅于越在婆家过大家庭生活。他们时有通信，述说别离之情。秋天，蕙君寄姑父一信，内有照片一帧，蕙君单身独坐，夏季服装，下着黑裙，照片后亲笔书写杜甫诗《月夜》两句："何时倚虚幌，双照泪痕干。"姑父在年谱中记曰：

> 为之惆怅不已。此照我复印多帧，以一张怀藏夹中，不时取出对看，纸上温存……

"惠我何多"

《蕙君年谱》行文简约，家庭琐事，细细道来；笔触淡泊，政治风云，风吹草动，一带而过。文短情长，能看出姑父和姑妈几十年的生活轨迹：有苦有甜，有喜有悲，但动荡播迁多于安适恬静，奔波劳顿胜过宁静福祥。

姑父自幼至老，一心扑在学习和工作上，勤于外事，疏于内务，向来不问家事。工作变动，举家搬徙，往往"事发突然"，姑妈的操劳可想而知。租房退房、购添家具、重起炉灶等诸般杂务已够劳累，而他们有六个孩子，退学转学更是搬迁中的头等要事，亦要靠姑妈一人来精心安排。

姑妈前半生最羡慕妇女能自立工作，叹息生不逢辰。1964年，她听说女儿于美到农村搞"四清"，写信给她说："见你来信，我恨不得也去乡下吃苦，可惜我连这吃苦的资格都没有，真是白吃人民的小米了。"可见姑妈的一种心态，她不甘心在家里吃闲饭。有一日她到机关单位，见办事人员的桌上放有"秘书处""会计处"这样的小座牌，受到启发，于是自制小座牌一个，用工整的毛笔字写上"秘书处"三个字，放在书桌上。姑父见了哈哈大笑，称赞妻子的秘书工作做得好。姑妈回答说："我也是间接为人民服务，就是没拿一分钱的工资。"

姑妈去世时，姑父为她写下挽联：

一世操劳，半生忧悴，负卿曷极；满门遗爱，万里留芳，惠我何多。

而在《蕙君年谱》中，姑父又写下了对妻子一生的评语：

外宁内忧，似福多难。

1972年，姑父心爱的小孙女出世，他特地为她取名为"蕙"（即拍过电影《巴山夜雨》的小明星茅为蕙）。这也饱含着姑父对爱妻的深切缅怀和纪念之情。

（《作家文摘》2019年总第2210期，摘自《档案春秋》2019年第1期）

金岳霖先生

·汪曾祺·

眼睛有病不能摘帽子

西南联大有许多很有趣的教授，金岳霖先生是其中的一位。金先生是我的老师沈从文先生的好朋友。关于金先生的事，有一些是沈先生告诉我的。

金先生的样子有点怪。他常年戴着一顶呢帽，进教室也不脱下。每一学年开始，给新的一班学生上课，他的第一句话总是："我的眼睛有毛病，不能摘帽子，并不是对你们不尊重，请原谅。"他的眼睛有什么病，我不知道，只知道怕阳光。

因此他的呢帽的前檐压得比较低，脑袋总是微微地仰着。他后来配了一副眼镜，这副眼镜的一只镜片是白的，一只是黑的。这就更怪了。后来，他在美国讲学期间把眼睛治好了——

好一些，眼镜也换了，但那微微仰着脑袋的姿态一直还没有改变。他身材相当高大，经常穿一件烟草黄色的麂皮夹克，天冷了就在里面围一条很长的驼色的羊绒围巾。他的眼神即使是到美国治了后也还是不大好，走起路来有点深一脚浅一脚。他就这样穿着黄夹克，微仰着脑袋，深一脚浅一脚地在联大新校舍的一条土路上走着。

"我觉得它很好玩"

金先生教逻辑。逻辑是西南联大规定文学院一年级学生的必修课，班上学生很多，上课在大教室，坐得满满的。在中学里没有听说有逻辑这门学问，大一的学生对这课很有兴趣。金先生上课有时要提问，那么多的学生，他不能都叫得上名字来——联大是没有点名册的，他有时一上课就宣布："今天，穿红毛衣的女同学回答问题。"于是所有穿红衣的女同学就都有点紧张，又有点兴奋。

那时，联大女生在蓝阴丹士林旗袍外面套一件红毛衣成了一种风气——穿蓝毛衣、黄毛衣的极少。问题回答得流利清楚，也是件出风头的事。金先生很注意地听着，完了，说："Yes！请坐！"

学生也可以提出问题，请金先生解答。学生提的问题深浅不一，金先生有问必答，很耐心。有一个华侨同学叫林国达，操广东普通话，最爱提问题，问题大都奇奇怪怪。他大概觉得逻辑这门学问是挺"玄"的，应该提点怪问题。有一次他又站起来提了一个怪问题，金先生想了一想，说："林国达同学，我问你一个问题，Mr. 林国达 is perpendicular to the blackboard（林国达君垂直于黑板），这什么意思？"

林国达傻了。林国达当然无法垂直于黑板，但这句话在逻辑上没有错误。

后来，林国达游泳淹死了。金先生上课，说："林国达死了，很不幸。"这一堂课，金先生一直没有笑容。

有一个同学，大概是陈蕴珍，即萧珊，曾问过金先生："您为什么要搞逻辑？"

逻辑课的前一半讲三段论，大前提、小前提、结论、周延、不周延、归纳、演绎……还比较有意思。后半部全是符号，简直像高等数学。她的意思是：这种学问多么枯燥！金先生的回答是："我觉得它很好玩。"

除了文学院大一学生必修逻辑，金先生还开了一门"符号逻辑"，是选修课。这门学问对我来说简直是天书。选这门课的人很少，教室里只有几个人。学生里最突出的是王浩。金先生讲着讲着，有时会停下来，问："王浩，你以为如何？"这堂课就成了他们师生二人的对话。王浩后来在美国。

王浩和我是相当熟的。那年他回国讲学，托一个同学要我给他画一张画。我给他画了几个青头菌、牛肝菌，一根大葱，两头蒜，还有一块很大的宣威火腿——火腿是很少入画的。我在画上题了几句话，有一句是"以慰王浩异国乡情"。王浩的学问，原来是师承金先生的。一个人一生哪怕只教出一个好学生，也值得了。当然，金先生的好学生不止一个人。

　　小说和哲学没有关系，金先生是研究哲学的，但是他看了很多小说。从普鲁斯特到福尔摩斯，都看。听说他很爱看平江不肖生的《江湖奇侠传》。有几个联大同学住在金鸡巷，陈蕴珍、王树藏、刘北汜、施载宣（萧荻）。楼上有一间小客厅。沈先生有时拉一个熟人去给少数爱好文学、写写东西的同学讲一点什么。金先生有一次也被拉了去。他讲的题目是"小说和哲学"。题目是沈先生给他出的。大家以为金先生一定会讲出一番道理。不料金先生讲了半天，结论却是：小说和哲学没有关系。有人问：那么《红楼梦》呢？金先生说："《红楼梦》里的哲学不是哲学。"他讲着讲着，忽然停下来："对不起，我这里有个小动物。"他把右手伸进后脖颈，提出了一个跳蚤，捏在手指里看看，甚为得意。

"今天是徽因的生日"

　　金先生是个单身汉，无儿无女，但是过得自得其乐。他养了一只很大的斗鸡（云南出斗鸡）。这只斗鸡能把脖子伸上来，和金先生一张桌子吃饭。他到处搜罗大梨、大石榴，拿去和别的教授的孩子比赛。比输了，就把梨或石榴送给他的小朋友，他再去买。

　　金先生朋友很多，除了哲学系的教授外，时常来往的，据我所知，有梁思成、林徽因夫妇，沈从文，张奚若……君子之交淡如水，坐定之后，清茶一杯，闲话片刻而已。金先生对林徽因的谈吐才华，十分欣赏。林徽因死后，有一年，金先生在北京饭店请了一次客，老朋友收到通知，都纳闷：老金为什么请客？到了之后，金先生才宣布："今天是徽因的生日。"

金先生晚年深居简出。他已经八十岁了，怎么接触社会呢？他就和一个蹬平板三轮车的约好，每天蹬着三轮车带他到王府井一带转一大圈。

我想象金先生坐在平板三轮上东张西望，那情景一定非常有趣。王府井人挤人，熙熙攘攘，谁也不会知道这位东张西望的老人是一位一肚子学问，为人天真、热爱生活的大哲学家。

金先生治学精深，而著作不多。除了一本大学丛书里的《逻辑》，我所知道的，还有一本《论道》。其余还有什么，我不清楚，须问王浩。

我对金先生所知甚少。希望熟知金先生的人把金先生好好写一写。联大的许多教授都应该有人好好地写一写。

（《作家文摘》2017 年总第 2078 期，摘自《慢煮生活》，汪曾祺著，江苏凤凰文艺出版社 2017 年 8 月出版）

恩师沈从文

·黄能馥口述，张倩彬、全根先采访整理·

"媒人"

我们（夫妻）两个是在 1956 年认识的，主要是通过沈从文先生。

当时我毕业留在中央美术学院读研究生，同时在筹建工艺美术学院的办公室当秘书。学校有东欧的留学生，毕业以后他们应该回去了，但是大使馆的人说"中国是丝绸之国，你们应该学一点中国丝绸方面的历史回去"。学校当时没有老师，就请沈从文先生来教。因为沈先生是湖南湘西人，口音很重，留学生听不懂，所以学校安排我去和留学生一起听课，一方面做记录。这样就跟沈先生几乎天天在一起了。

当时故宫招实习馆员，陈娟娟高中毕业以后就去考了。沈先生编制在历史博物馆，但主要在故宫上班。现在知道故宫保存着织绣品将近二十万件，是世界上最大的服装博物馆跟丝绸博物馆。1949 年后，这些都要重新清点。陈娟娟她们到故宫，一开始就做这样的工作。人家一般就是打开来随便编个号就放回去了，她是看到好的就做记录，记下来，记在心里。沈从文先生特别喜欢她。沈先生很多时间到故宫去做研究工作，都靠陈娟娟帮忙。

当时北京前门外，珠市口、鲜鱼口那里的大街小巷全是古董店，挂的都是古代的，特别是清朝的服装、龙袍、刺绣品，还有一些绣花的、过去小脚的鞋，一摞摞挂在那很多，都很便宜，沈先生去时，都带着她。同时，因为沈先生在中央美术学院教留学生，有时候带着留学生去珠市口看古董，沈先生每次去，也都打电话叫我去，这样我跟陈娟娟就经常在一起。

主要因为工作上的联系，陈娟娟也经常到沈先生家里。那时候，我们一个月伙食费才七块钱，东安市场有吉士林，吃西餐我们根本没有这个可能。沈先生跟师母礼拜六去吃西餐，就打电话叫陈娟娟一起去，就跟自己女儿一样看待。

"糊涂"

沈先生这个人，是很有名的文学家，全世界有名的。但是，他这个人思想有时候比较糊涂。

沈先生原来在北大，后来离开北大，再后来就到历史博物馆。他很热心，他是当研究员的，但观众多的时候，他就主动去讲解。所以有人说他当讲解员，其实他不是讲解员，他是研究员。他的编制在历史博物馆，但他更多时候是在故宫上班的。那个时候，反正是挺糊里糊涂的，故宫确实有他的办公桌，有书架。我以前一直认为他是故宫的，后来怎么知道的呢？沈先生去世以后，故宫博物院的郑欣淼院长，他是研究鲁迅的，是文化部副部长兼故宫博物院院长，他就到我家来跟我说"我们故宫人事档案里头没有沈先生"，问我沈先生在故宫究竟干什么。我说，当顾问的呀，我们那时候都知道他当顾问。后来，郑院长又回故宫去查档案，说故宫档案里也没有，他不是故宫的顾问。

他写《中国古代服饰研究》大概是 1956 年。那时候，全国找沈先生的人特别多，一些工艺美术厂找他要资料，要古代图案的资料等。那时候，国家给他分配宿舍，但都是比较远的地方。他住在东堂子胡同，房子比较小。他说："我不搬，人家该找不到我了，到郊区去住，不去。"他那时候写文章，稿费挺多的。我记得，那时候我画一个小手册的封面四十块钱，我们一个月伙食费七八块钱。一张那么小的封面就四十块钱，拿回来就买个收音机。

他一有稿费，就到琉璃厂去买书。记得有一次他坐三轮车回家，车上全是书，他就坐书上面，往家里拉。另外，像前门外古董店里头，一些明朝佛经的封面都是用织锦做的，拆下来卖，那时候挺便宜，他就一批批地买。他买回来不往家里送，都送到工艺美院，送到北大，送一批给故宫。他在中央美术学院讲课的时候，有讲课费。有一次，美院财务叫我送八十块钱讲课费到他家里去，我就领了钱，送到他家里。他说："你赶快给我送回去，我是有工资的，你给我退回去。"他就是那么一个人。

身教

一般都说言传身教，身教对人是最深刻了。沈先生就是身教。他也不会讲大道理，最多就讲一句"不是为个人"。

因为我跟娟娟老到他家里去，各地出土一些文物的照片，他就给我们看，给我们讲。他讲得很广泛的，比方讲古代中国的扇子，从汉代的扇子到唐代的扇子，给我们看照片。比如丝织物，我们从古代就有，丝织物的图样怎么变过来，我们都是从他那里看到的，图书馆里看不到。比如《万里江山图》，他说那个是后来人画的，根据画里的家具跟朝代对照起来看，说是唐代的，但是家具是宋代的，他说这个画是宋代的。他的这个讲法，有些人也不服气，但是他坚持自己的看法。所以我们都是从他亲身所做的事情中学到真知。

生活上他也特别简单。那时候住的房子小，他爱人、儿女也住不下，早晨他去文联的宿舍——他爱人的住处吃饭，中午他就用个小篮子带回来一点，在蜂窝炉里烤一烤，晚上就那么吃，特别简单。

有一次，我跟娟娟到他家里去，那是"文革"刚结束，他到社科院之前，工作很不顺，身体不好，眼睛红斑出血，血压非常高。我们每个礼拜去只能看看他，也没有什么别的，当时看到他这个情况，我也挺灰心的。我两回家的路上，我跟娟娟说："沈先生在社会上这样有名气的人，现在都这样子，我们将来还有什么奔头。"娟娟背着我去告诉沈先生，结果沈先生一听就生气了："你马上把黄能馥给我叫来。"

这样我就去了。沈先生当时只有一小间房子，就有一张小桌子，一张单人床，一个书架（自己钉得挺高的），一把椅子，蜂窝煤搁在门口。我去的时候，他是冲着墙躺着，门也没关。我就"沈先生、沈先生"叫了几声，他回过来朝我看了一看："你来了。"过了半天，他说："听说你不干了？"我心里一冲动，就哭了。后来他说："眼光要看远一些。"就跟我说这一句。

这件事情对我的教育非常深。这一辈子，不仅是因为他这句话，他平时的为人以及他的遭遇，一辈子都教育着我，言教和身教。

（《作家文摘》2018 年总第 2167 期，摘自 2018 年 8 月 18 日《中华读书报》）

巴金与傅雷的"君子之交"

·周立民·

几乎所有怀念傅雷的文章，都提到他独特的火爆的甚至不近情理的脾气。柯灵说他"过分的认真""耿直""执拗"，以至"难免偏颇"。"他身材颀长，神情又很严肃，给人的印象仿佛是一只昂首天外的仙鹤，从不低头看一眼脚下的泥淖。"

而巴金的性格，显得更随和、更宽容。这种感觉，加上当时对于傅雷所知甚浅，使我得出这样的结论：傅雷与巴金之间应当没有什么交往吧。

梦中推敲字句

后来，我发现傅雷 20 世纪 50 年代初的译作大都是巴金主持的平明出版社出版的。虽然，在现有的傅雷传记资料中，很少有提到他与巴金的交往，可是，我们还是能从这些译作的出版中，看出两个人的关系不一般。

傅雷的性格，大家都了解，他的眼界之高，对于自己呕心沥血的译作之爱护，也不难想象。1956年，他曾就翻译的稿酬问题致信人民文学出版社：

> 近年来各出版社对译作酬报，绝大部分是每千字九元。我一向是每千字十一元。同为教授，待遇也还分许多等级：所以我希望把拙译同大多数译作在品质上、在劳动强度与所费的时间上、在艺术成就上，作一公平合理的纯客观的比较；也希望把我译的罗曼·罗兰、巴尔扎克、梅里美、服尔德，等等，和英译、德译、俄译……的各类作家的作品，在品质上、在艺术上作一公平合理的比较，看看是否我的译作与一般的译作，报酬总应该每千字有两元的差别。

他说："想译一部喜欢的作品要读到四遍五遍，才能把情节、故事，记得烂熟，分析彻底，人物历历如在目前，隐蔽在字里行间的微言大义也能慢慢咂摸出来。"事实上，他也是这么做的，一部作品的译出，总是殚精竭虑，精益求精：

> 大半年工夫，时时刻刻想写封信给你谈谈翻译。无奈一本书上了手，简直寝食不安，有时连打中觉也在梦中推敲字句。

稿子交出，傅雷看校样时还要"大改特改"。能够把自己珍惜的译作交给平明社，这是多大的信任啊。

"傅雷的译本比别人译的好得多"

1957 年，傅雷曾托巴金给周扬带过亡友、作曲家谭小麟的乐谱和胶带等：

> 今年春天又托裘复生将此项乐谱晒印蓝图数份，并请沈知白校订。最近请人在沪歌唱其所作三个乐曲，由电台录音后，将胶带与所晒蓝图一份，托巴金带往北京交与周扬同志。希望审查后能作为"五四以后音乐作品"出版。

倘非可以信赖之人，又怎么能托带东西？从巴金这一方面讲，平明出版社是他和几个朋友共同主持的，它不仅是一个私营出版社，而且还带有很强烈的同人性质，看看在平明出版社出书的人的名单就明白，一部分是平明出版社编辑，另外一部分是出版社股东，还有一部分是朋友，总之，大家都是一个圈子里面的人。傅雷在这里出书，即便不是这个朋友圈里的人，也是与之十分亲近的。在现存的巴金日记中，曾提过两个人互赠著译。巴金 1963 年 1 月 15 日日记：

> 收到魏老赠所著《编余丛谈》、傅雷寄赠所译《搅水女

人》各一册。

礼尚往来，巴金回赠前一年刚刚出版的他的一卷文集。

尤为引人注意的是在 1973 年，傅雷还未平反，巴金也是戴罪之身，巴金却肯定了傅雷的译文：

> 巴尔扎克的小说，中文译本我过去很少买（我倒有法文《人间喜剧》全部）……傅雷的译本比别人译的好得多。

巴金晚年在《随想录》中几次提到傅雷。巴金说：

> 在"文革"受害者中间我只提到三位亡友的名字，因为他们是在这次所谓"革命"中最先为他们所爱的社会交出生命的人。但是他们每一个都留下不少的作品，让子孙后代懂得怎样爱我们的国家和我们的人民。

在这里，巴金称"傅雷"为他的一位"亡友"，在他们那一辈人中，不会轻率地称别人为"朋友"的，有此称呼，说明他们交谊匪浅。接下来，巴金表达了对傅雷的怀念和敬意：

> 知道傅雷的绝笔是在他辞世后的若干年了。通过十几年后的"傅雷家书墨迹展"，我才看到中国知识分子的正直、善良的心灵，找到了真正的我们的文化传统。

"有小儿参加演奏钢琴协奏曲"

后来，我看到巴金捐赠给中国现代文学馆的三封傅雷的信，又在巴金故居查到另外一封信，虽然仅仅片言只语，但是，巴金与傅雷交往的更为具体的内容浮出水面。其中有封短简，是1953年3月25日傅雷给巴金送音乐会的票子：

> 贝多芬纪念音乐会（有小儿参加演奏钢琴协奏曲）本定廿六、廿七、廿八连续举行三场，二小时内座券全部售完，故加演卅日一场。票子仍极难得，请注意时间为下午四时三刻……

巴金听音乐，或许是受三哥李尧林的熏染。抗战期间，具体说是1939年2月下旬，巴金从桂林回到上海。当年8月，三哥尧林从天津来到上海，兄弟重聚，同住在霞飞坊59号。巴金在那里写作小说《秋》，三哥翻译冈察洛夫的《悬崖》，直到1940年7月巴金离开上海。这段时间，兄弟俩的业余时间以看电影、听音乐会和逛旧书店为消遣。三哥去世后，巴金还保存着几百张三哥留下的音乐唱片，后来都捐赠给成都慧园。

儿子傅聪学习音乐，傅雷因此与音乐界有着广泛的交往，送票给巴金，让朋友来欣赏儿子的演奏，对傅雷来说，一定是一件很高兴的事情。

同在上海生活时，巴金与傅聪是否熟悉，傅聪是晚辈，也许他们没有什么单独来往。然而，傅聪到了国外，他们居然有一次邂逅。这个信息是从傅雷给儿子的信中透露出来的：

> 你出国途中，在莫斯科遇到巴金先生；他在八月中旬回到上海，当天就打电话来告诉我；而你却从来没提及。当然，那一段时间你是忙得不得了，无暇作那些回想。

1954年7月13日至8月4日，巴金在莫斯科出席纪念契诃夫逝世50周年的纪念活动，莫斯科相见，应当是在7月中旬那一周。巴金回国后，立即给傅雷打了电话，可以看出他们当时交往的密切。

（《作家文摘》2020年总第2327期，摘自《传记文学》2020年第3期）

邻居钱锺书先生

·倪鼎夫·

"我们要做自己要做的事情"

20 世纪 50 年代末，我调入中国科学院哲学所，被分配到逻辑组工作，时任组长是金岳霖先生。60 年代初，干面胡同高研楼落成，金先生和一批学部专家搬进去居住，我因为工作关系经常到金先生家去问学或办事。当时钱锺书先生也住在这幢楼里，有时就会在干面胡同口碰到他。那时的钱先生比起金先生来，要年轻许多。钱先生戴的是贝雷帽、黑边眼镜，上衣是深黄色呢子的翻领装，看上去气质独特，走起路来风度翩翩。

1972 年，我们都从河南"五七"干校回到学部。此时，住房方面也产生新的变化，许多无房户和单身汉也在学部大院内蜷宿下来，学部大院一时就成了一个住家属的大杂院。过了不久，钱锺书先生和夫人杨绛先生也搬来了。他们住的是七号楼最西边底层的一间，恰巧，这间房子的北窗和我住的八号楼一间南窗相对，中间只隔一条不宽的水泥路。

当时，我母亲从家乡来帮助我们一家五口做家务，她总是用道地的无锡话喊："阿宝、阿毛，快转来吃夜饭嘞！"

钱锺书先生夫妇听出我们是无锡人，在晚饭后也就主动走过来逗逗孩子，讲讲无锡话。望之俨然的学者，其实是非常平易近人的。那段时间，我曾经到钱先生的房间里闲坐。这间房子不大，没有盥洗设备，没有厕所。说实在话，大杂院中这间房子的方位最差。夏天有西晒，砖墙被太阳烤得滚烫，室温高得惊人。钱先生说，他的办法是晚上开窗，白天关窗，挡住热浪。冬天西北风狂袭，暖气不热，只能再装蜂窝煤炉子御寒。

钱先生在这斗室容身，却对我说："我哪里也不去，我们五百块钱够吃够用，我们要做自己要做的事情。"他们夫妇在吃饭、睡觉和工作"三合一"的房子里，一住就住了三四年。

在这里，钱先生还参加了英译《毛泽东诗词》的定稿工作。20世纪50年代末，有一次金先生在小组学习会上谈到《毛选》英译本定稿时，《矛盾论》和《实践论》中有一些成语译得不恰当，他想不出合适的英文词来代替，后来钱锺书先生却想出来了。"非常好！"金先生说这话的时候，坐在转椅上，用右手攥紧的拳头和已伸出的左手掌拍了一下，"啪"的一响。这是金先生在兴奋时常做的一个动作。原来，钱先生和金先生都是50年代《毛选》四卷英译本的定稿人。

挑战金岳霖

我们这些想学东西的年轻人，早就想从半瓶水的俄语改学英语。我们虽说是年轻人，实际上都已是四十岁左右的人了。有一次，我就问："钱先生，你英文这么好，是怎么学来的？"钱先生说："1935 年到 1939 年我在英国牛津学了几年后，他们要留我，我是坚决要回来的。我的英文是通过阅读英文小说过关的！"我当时真希望钱先生介绍一些学英文的"窍门"，但自觉做学问提出找"窍门"不妥，便马上改口道："有什么好方法吗？"钱先生似乎看透了我的心思，就说："如果要说窍门，就是要多读英文小说！"

我从"五七"干校回来之后，正在选择新的专业方向，曾经考虑过搞中国逻辑史研究。早知道钱先生博闻强记，涉猎的知识面很广，其中包括哲学和逻辑学的领域。有一次，我和钱先生散步的时候，就向他提问说："中国逻辑史有没有搞头？"钱先生马上回答说："中国逻辑史内容很丰富，大有搞头，值得搞！"又说，现在搞的人完全照亚里士多德那些东西套下去，是搞不好的，要搞就要有中国逻辑史自己的特点。我记得那天傍晚，他和我谈了很多，也很高兴，是与我最长的一次谈话。

新中国成立后，我们的逻辑研究长期受苏联学者的影响。50 年代中后期和 60 年代初期，曾经热烈讨论过形式逻辑的同一律、矛盾律和排中律的哲学基础，当时意见纷呈，争论激烈。

金岳霖先生参加了讨论，并写了一篇有分量的文章——《客观事物的确定性和形式逻辑的头三条基本思维规律》，这是他在逻辑领域里对马克思主义哲学的重要贡献。

但正是这篇文章中的观点，钱锺书先生是反对的。金先生对自己写的文章或书，有人反对或有人赞成，都是高兴的。金先生说，可惜钱锺书先生反对是口头的，他没有写文章，因此也就不能反驳。有人说，金先生的文章是哲学文章，但金先生坚持自己的文章是一篇逻辑论文。钱先生就是这样在逻辑专业领域内对逻辑学界的一代宗师金岳霖先生进行了挑战！

钱锺书先生这位功底扎实、知识渊博的学者对自己学识的自信，治学的自信，求真的自信，以及敢于向巨人挑战的勇气，不仅使许多人望尘莫及，更使一代学者对他肃然起敬！

（《作家文摘》2018 年总第 2197 期，摘自 2018 年 12 月 19 日《光明日报》）

邻居林巧稚

·韩小蕙·

　　林巧稚喜欢被人唤作"林大夫"，这个神圣的称呼，时时提醒着她治病救人的职责所在，所以一辈子都不喜欢被人称呼官衔，比如"主任""院士"甚至"教授"。我们协和大院的大人们都尊称她为"林大夫"，孩子们则叫她"林婆婆""林奶奶"。

　　林奶奶身材娇小，一生都很细瘦婀娜，"文革"前长年梳着中国女性传统的发髻，"文革"后变成垂耳短发。有出席活动的场合时，她喜欢穿旗袍，戴小耳环和手镯；平时家居还是爱穿闽南特产香云纱做成的衣衫。留在我脑中的永久印象，是心情愉快的林大夫绾着发髻，着一身合体的锦缎旗袍，领口处别一枚碎钻镶嵌的精致领花，从大门外飘然而入，停在花丛边上看她那些盛开的花，那身影，高雅韵致。

　　林奶奶一生爱花，她居住的28号楼在大院门口东侧，从细碎灰白点的花岗石台阶下面，到小楼南、北、西三面周边，从春到秋，三时鲜花不断，都是她率领着家人亲手栽种的，有海棠、月季、蔷薇、美人蕉、太阳花、老头花和一串红。最美丽的，还属伸出一尺多长白色大花颈的玉簪花，那白瓷似的大花纤尘不染，似乎就是为衬托她的冰清玉洁而绽放的。这座楼是林奶奶和她的侄女林懿铿老师一家人住的，林奶奶喜欢带着家里的大小孩子一起打理这些花卉，亲自松土、剪枝、浇水，大院里的其他孩子也帮着接水带、除杂草、收拾垃圾。这时，林奶奶就会用闽南口音的普通话，挨个儿询问孩子们的学习成绩怎么样，得了什么奖状没有，鼓励孩子们要努力争上进。

20 世纪 50 年代前期，家母也在协和医院工作。我母亲说，林大夫这个人本质非常好，新中国成立前就已经是享誉京城的名医了。1941 年底太平洋战争爆发，协和医院被日本鬼子强占，把所有医务人员都赶出医院，数月后林大夫在京开办了一个私人诊所，为了减轻病人负担，主动降低挂号费，对穷人减免医疗费等。不久，她应聘担任了中和医院妇产科主任，1946 年又受聘兼任北大医学院妇产科系主任。当时她要名有名，收入也高，但后来李宗恩院长受命恢复协和医院，邀请她重返协和，林大夫即把诊所停了，辞去两院主任职位，重新返回协和妇产科，一直工作到 1983 年去世。

林大夫是北京协和医院第一位中国籍妇产科主任，首届中国科学院唯一女院士。但她并不只看专家号，而且只要在门诊，总要看完当天挂号的所有病人才下班。有时护士提醒她说，待诊室里有已约定等候的特殊病人（往往是某位要员太太或某外国使领馆夫人），林大夫总是严肃地回答："病情重才是真正的特殊。"

康克清也在一篇回忆林巧稚的文章中写道，林大夫看病给人印象最深的，就是不论病人是高级干部还是贫苦农民，她都同样对待，只要在她对面的患者椅上坐下，在她眼里，就都是病人。

（《作家文摘》2019 年总第 2242 期，摘自 2019 年 3 月 8 日《今晚报》）

清华园的"傻姑爷"

·吴冰·

"教育原来在清华"这句话取自我母亲（冰心）戏笑父亲（吴文藻）所写的宝塔诗，原文是这样的：

马

香丁

羽毛纱

样样都差

傻姑爷到家

说起真是笑话

教育原来在清华

关于这首诗的由来，母亲在《我的老伴吴文藻》一文中做过解释，说的都是父亲的"傻"。如母亲故意告诉他丁香花叫

"香丁"，他竟然信以为真。又如，我们小的时候，他和母亲一起进城去看外祖父，母亲让他买两样东西——给孩子买一种叫萨其马的点心，给他的老丈人买一件双丝葛的夹袍面子。父亲"奉命"到了"稻香村"和"东升祥"后，两样东西都叫不上来，只说是要"马"和"羽毛纱"！"马"是我们孩子的用语，是对点心萨其马的简称；至于"双丝葛"怎么变成了"羽毛纱"，真是天晓得！母亲说幸亏两家铺子打电话来询问，父亲才算交了差。不过也给人留下了"傻"的印象。

后来，母亲曾当着清华校友对校长梅贻琦先生发"怨气"。不料，梅校长笑着在宝塔诗后补上了两句：

> 冰心女士眼力不佳
> 书呆子怎配得交际花

据说，当时在座的清华同学"都笑得很得意"。

当"交际花"，母亲不够格，但在家人的心目中，父亲却实在是"傻"！他的一个同学曾戏言："文藻在家是'一言九顶'！"的确，往往他一张口就有几个人顶他，不是说他发音不对，就是说他书生气十足，或观点迂腐等。自己是不是"一言九鼎"，他似乎从不介意，我想这是由于他认为在非原则问题上不必跟家人"一般见识"。由于父亲不是中国传统式的"严父"，家里的气氛总是很民主和轻松的，父亲的民主思想和严于律己、宽以待人的作风，或许是得益于"教育原来在清华"吧。

　　母亲说，他们在婚后分得燕南园一座小楼，父亲除了请木工师傅为他在书房做一个顶天立地的大书架外，只忙于买几个半新的书橱、卡片柜和书桌，把新居的布置装修和庭院的栽花种树，全都交给她一人操办。下课后，父亲就"心满意足地在他的书房里坐了下来，似乎从此可以过一辈子的备课、教学、研究的书呆子生活了"。

　　确实，婴儿时我们洗澡，连舅舅、姑姑，甚至父母亲的学生们都来"观赏"，唯独不见父亲的踪影！在我的记忆里，他似乎总是手里拿着一支红铅笔，坐在书桌前读书看报。连我的孩子上幼儿园时，也会拿红笔在报纸上画道道，说是在"学爷爷"！可见这潜移默化的力量之大！

　　要说他在生活上一点不关心我们，也不确实。我考上南开大学后，他执意要送我到天津，并把我托付给他清华的同学，历史系的雷海宗教授，尽管后来我一次也没有找过雷伯伯。我上大学后，他曾郑重其事地对我说过，可以开始"留意有什么合适的男孩子"了，他甚至为我右臂上因骑车不慎在铁丝网上划过一条很长的伤疤，而担心我会因此找不到"对象"！在母亲出国时，他会突然问起我和妹妹那个月是否来过"月经"。这类事母亲是从来不管也不过问的，因此我们更感到父亲实在是"迂"，当然在觉得他迂得可笑的同时，又感到他傻得可亲可爱！

　　父亲对我们的关心多在学业上。我小时喜欢看书，在花钱为我买书上，父亲从不吝啬，尽管他自己的衣服、鞋袜都是补了又补的。妹妹吴青到美国进修，父亲给她的信很能说明问题：

"……大家为你活动如此频繁，感到高兴。不过一人精力有限，社交普遍铺开，消耗精力太多，要斟酌情形，适当安排得少一些。……你局面已经打开，今后问题在于有选择地加以利用。你比别人机会多，多了就必须有个选择，是不是？"他担心活泼好动、极善交友的妹妹在美国短短的几个月"跑来跑去，没能读多少书"。他在信中还对吴青读什么书、听什么课、怎样学习，都一一详细指点。我常觉得父亲无论写什么，包括家信在内，往往写着写着就有点像"论文"了。这也是我们爱嘲笑他的一点。

父亲和母亲专业不同，个性不同，爱好也不同。严格地说，父亲几乎没有什么业余爱好。说到这里，我想起一年夏天，我们一起外出度假，当时周立波的《暴风骤雨》刚刚得到斯大林文学奖，不知父亲怎么会心血来潮看起小说来，让我特别好笑的是，他看小说时手里竟然也拿着一支画圈画点的红铅笔！如此不同的两个人怎么会结合？细想起来，他们还是有不少共同点——如爱祖国、对爱情和婚姻的严肃态度、对事业的追求以及对彼此人格的尊重。

由于父亲学的是社会学，在 1951 年从日本回国后，在事业上一直难以发展。不仅如此，后来他还被划成"右派"，关过"牛棚"；相比之下，母亲却颇受重视，如当选全国人民代表大会代表，并多次出国访问。两个人社会地位的变化和差异，并没有引起像今天一些家庭那样的夫妻不和。父亲从来没有嫉妒过母亲，没有流露过不愿母亲积极参加社会活动的大男子主义想法，他只是私下对我透露过不能发挥个人业务专长的苦恼。

而母亲也从未因为自己的"得势"而小看父亲或对父亲落井下石。我想这主要是因为他们相互十分理解彼此的"价值"并懂得尊重对方的人格。

在"文革"期间，他们双双受到冲击，被抄家而且受到人格侮辱，只是由于他们坚信邪恶的势力长不了，两个人从未想到要自杀，才终于"互慰互勉"地度过了那漫长的十年。

（《作家文摘》2014 年总第 1706 期，摘自《永远的清华园》，宗璞，熊秉明编，北京大学出版社 2013 年 9 月出版。作者为吴文藻先生长女，北京外国语大学教授）

朴厚最是季羡林

·萧宜·

早先去北大，只是访宗璞。知道了金克木和季羡林先生的住处，决定去拜访他们。

金先生和季先生都住在朗润园。1994年11月24日午后，我在燕南园告别了宗璞，斜穿过校园，绕过未名湖，便来到了朗润园。因为时间有限，这个下午我原来只打算访金克木先生。当一踏进二门小楼时，一时犹豫起来，不知这里住的是哪一位，便又退了出来。

这时，在湖畔散步的一位老者主动走过来问："您找谁？"老人瘦长脸，脑门较宽。头上戴一顶软软的小圆帽。

"金克木先生住哪儿？"

"那个门。"他指了指另一个门。我转身时，又听他补了一句："上三楼。"

与金先生是先通了电话的，他热情地引我进门。我告诉他在楼下的一幕，他说那就是季先生了。既已与季先生照过面，不去访他就不好了。金先生听说我要去访他，便告诉说，他住底楼，一进他的家，门廊的灯会自动亮起（这在当时是件新鲜事）。

对季羡林先生，张中行的评价：一是学问精深，二是为人朴厚，三是有深情。套用一句古话，知先生者，张中行也。

季先生一个大教授，他的家与平常人无异，以世俗的眼光，连平常人家也不如。就是书比别人多，两套单元房，书还是不够地方安置。家里也没有一点现代气息，只有门廊上那盏会自动亮起的灯，算开了风气之先。

有一次，他与张中行等几个人出了一本书，有家小书店店主同张中行熟，便托张先生求季先生签名（卖签名本也是一种营销手法）。季先生一边认真地一本一本签名，一边说："卖我们的书，这可得谢谢。"签完了，听说店主还等在门外，忙跑出去与他握手，连连说："谢谢。"这店主是读过大学的，见过一些教授，但没见过向求人的人致谢的教授，一时语塞，不知所措，抱着书一溜烟跑了。季先生的朴实厚道于此可见。

季先生术业专精，学识广博，但其主要成就在梵文、巴利文和吐火罗文的研究和翻译方面。他的从学经历，在他给我的为纪念"二战"胜利五十周年的文章中都写到过，这就是《重返哥廷根》。这是他为应我之约而写的文稿。他在来稿的附信中说："我原来不打算再写纪念"二战"的文章了，因为拙著《留德十年》已经写尽。经你再三督促，翻看了一下日记，觉得可写者尚多，遂根据日记写了一篇。"还说："完全根据日记写回忆文章，尚不多见，在这一点上，我尚有可取之处吧！"老人有点小得意，自然主要是风趣。

"闻多素心人，乐与数晨夕。"当年全盛时期，张中行也住在朗润园。因他女儿住这里，照张先生的说法，他是寄居于此。季先生同他常常在晨夕散步时相遇，相互拱手合十施礼，"聊上几句，就各奔前程了。这一早晨我心中就暖融融的，其乐无穷"。

后来，张先生搬出朗润园。但张先生还健在，"同在一城中，楼多无阻拦，因此，心中尚能忍受得住"。"至于组缃和恭三，则情况迥乎不同。他们已相继走到了那个长满了野百合花的地方，永远永远地再也不回来了。"组缃是吴组缃，恭三即邓广铭，都是季先生在朗润园的老友。吴组缃先生是一个常"戴儿童遮阳帽的老头儿，独自坐在湖边木椅上，面对半湖朝阳，西天红霞"。邓广铭先生则故意把报纸订在系里，以便每天往返，借以散步，并常常能与从图书馆回家的季先生相遇，互道珍重。几个大智者、素心人，他们同气相求，惺惺相惜，成了燕园后湖的美丽景色。

但令无事常相见，可惜世上没有不散的筵席，这种诗意般的日子随着最为相得的老友的离散而不复存在，季先生"心头感到空荡荡的"。

逝者如斯，活着的人还得继续赶路，季先生想到了"后死者"的责任。他说，"对已死者来说，每一个活着的人都是一个'后死者'"，季先生"愿意背着这个沉重的'后死者'的十字架"，一直背下去，直到非摆脱不可的时候。此后，我离开了报社，中断了与季先生的联系，但还能经常看到他在报上发表的散文、杂文，感到他把关注的目光从学术的象牙之塔移向十里长街，关切社情民意和民风、文化道德建设，用现在流行的说法，他写了很多很接地气的文章。

（《作家文摘》2014年总第1735期，摘自2014年5月9日《文汇读书周报》）

先师台静农先生

· 林文月 ·

　　1990 年岁将暮的一个冬日午后，台益公来访我台北辛亥路的家。事前他只在电话中约略提道："来和你聊聊，顺便拿件东西给你看看。"

　　开门时，见益公已剃去守丧时期留的胡须，稍稍恢复往日的精神，乍看真像极了静农师，他是台先生的幺儿。"林姐姐，这两瓶酒送给你。另外，还有这东西。都是爸爸留下来的。前些时候，你帮了不少忙。"他所说的"帮忙"，不知指的是什么。是指台先生的丧事吗？其实，这些都是学生应该做的事情，但我说不过益公，便只得收下酒两瓶。至于装在一个大型牛皮纸袋里的东西，取出来一看，却令我十分惊喜。以夹板为前后护面护底，里面是用毛笔书写在稿纸上的陈独秀先生的早年自传，托裱得如书法墨宝一般精致。台先生晚年以为搬家时遗失了的宝物，竟赫然在我眼前！

1989 年，台大规划将温州街十八巷的一些老旧宿舍改建为新式大楼，通知各住户搬迁。台先生的宿舍在温州街十八巷六号，是 1947 年以来居住惯了的日式木造老屋，是自大陆渡海来台湾任教于台湾大学中文系，乃至退休以后的四十余年里，他和太师母，一家祖孙四代安居的地方。虽然校方特别顾念资深教授而另觅温州街二十五号为新宿舍，与原住处只隔二百步许的距离，但以八十九岁之高龄，要搬迁居住长达四十多年的家，无论在身心两方面都是颇大的负担。我事前去探望台先生，神情言语间他都难免流露着不安和焦虑。

隔些日子我拜访新居，感到十分惊奇，那书房看来竟和原来十八巷六号的书房无甚分别。桌椅仍旧，层层的书橱也还在台先生座位背后，甚至沈尹默先生的字、张大千先生的画，都垂挂于壁上。一切仿佛未变，如同旧时。然而，事实上一切并非如同旧时未变。台先生经过那一段时日的折腾，看来消瘦了一些，气色也不太好。他忧虑形于色地说："唉，搬个家，许多东西都找不到了。不知塞到哪里去。""糟糕的是，独秀先生的稿子也不见了。"我安慰台先生："您刚刚搬家，有些东西一下子找不到，也不要着急。慢慢地，有时候不经意间就会出现的。"

然而，台先生竟带着那忧虑住进了医院。搬家后不久，因为饮食困难，到台大医院检查，诊断为罹患食道癌。他在病榻上，念念不忘的还是陈独秀先生的遗稿。我去医院探病，有时他兴致较好，会谈说一些往事，但结语多半是："那一袋东西，不知能不能找到？"

"你在哪里找到这个呢？"我等不及地问益公。"在保险箱里呀。"他若无其事地说，"唉，他自己收得好好的。大概是年纪大，记性衰退，忘掉了吧。"

陈独秀先生是五四运动的重要人物，提倡民主与科学，鼓吹新文化，为当时的知识青年所景仰尊敬。他和台先生虽然都是安徽人，但长于台先生二十二岁，两人相识于抗日战争时期的四川江津。抗战爆发次年1938年，台先生举家辗转迁移大后方，寄居江津县白沙镇，任职于国立编译馆。1938年10月19日，"中华全国文艺界抗敌协会"在重庆举行鲁迅逝世二周年纪念会，台先生应老舍之邀演讲《鲁迅先生的一生》。次日，他搭船到江津去看望一位在当地行医的朋友。在没有刻意安排的情况之下，意外地见到心仪已久的同乡长辈陈独秀先生。当时陈氏已近六十岁，而台先生三十七岁。台先生在陈独秀先生生命的最后四年里认识了他，当时陈氏已不再叱咤风云，淡出政坛，他们成为忘年之交，主要的话题是建立在学问和文学书艺方面。离开政圈后的陈独秀先生正在为小学教师编写有助儿童识字的教科书《小学识字教本》。那是一本以科学方法，有系统地整理中国文字的书。编写期间，陈氏想借助台先生在编译馆工作之便，协助他借书、油印和发行。1939年至1942年，陈氏寄台先生的书信多达百余封。

其实，关于和鲁迅、陈独秀二位先生的交往情形，初时台先生是绝口不提的。关于陈独秀先生，他和我们谈得最多的是《小学识字教本》的事。台先生十分推崇这本书。记得说到这些事情，台先生最遗憾的是他和陈独秀先生两人从未合影过。"那时候在大陆上，照相算是大事情。哪像现在这么方便，拿起相机随时想拍就拍。""可惜就是没有和独秀先生合影过。"他前前后后说过这些话，有时也会搬出一本相簿，指着一些年久发黄的老照片，告诉我这是谁那是谁，而那上面果然是没有他和陈独秀先生的合影。大概是由于这个缘故，他格外重视这份自传稿。

这份传记并不完整，只书写了三十多页，终于陈氏十七岁应乡试时。不过，在最后一页却另题书两行字：

此稿写于一九三七年七月、十六至廿，五日中，时居南京第一监狱，敌机日夜轰炸，写此遣闷，兹赠静农兄以为纪念

一九四〇年五月五日

独秀识于江津

题签致赠此稿时，两人相识仅一年多。当时尚未有影印机复制的方便，陈独秀先生把手书的唯一自传原稿赠送给小于自己二十二岁的新识朋友，足见其推心置腹引为知己的情形。这份情谊值得珍惜纪念，或者更甚于合影。而以陈氏其人知名度之高，此传稿书写时又值在狱中的敏感时间，可以想见台先生受此厚礼，是如何小心翼翼收藏，其后又如何战战兢兢携带来台。何况，他自己曾经历过三次缧绁之灾，所以对于这些文字一直是保持着极度的秘密，甚至托裱与夹板，都不敢随便送外委与他人，而自己亲自在家中制作。想必是装订制作后，或者是搬家之前，他自己谨谨慎慎拿去锁在租借的保险箱内，以求

妥善安心。岂料，搬家之后竟然忘了此事。

面对着在手中的陈独秀先生手书自传稿，追念老师晚年的不安，我悲痛不忍，私自发誓定将为之寻觅一个妥当的收藏之处。2001 年 12 月，为纪念台先生百岁冥诞，台大中文系特别举办学术研讨会，台大总图书馆则同时展出台先生的书画手迹。展览结束后，图书馆五楼的特藏室便收藏了他的重要手迹。记得台先生生前常对我们说："在这里也住大半辈子了，以后就葬在这里。我那些东西也收在这里罢。"台大新建的总图书馆规模宏伟，尤其特藏室有专人管理，又具除湿恒温的完善设备，无论从哪一方面说，总图的特藏室都是台先生的手迹遗物最理想的归宿。我建议将陈独秀先生的自传原稿一并存放，获得大家赞同。

（《作家文摘》2014 年总第 1810 期，摘自《写我的书》，林文月著，广西师范大学出版社 2015 年 1 月出版）

女友眼中的高士其

·叶永烈·

高士其，著名的科普作家。他出现在广大的读者面前时，总是坐在轮椅上。其实，高士其是在 1928 年留学美国的时候，因为在做实验时不慎，受甲型脑炎病毒感染而得病的，随着病情日益加重而瘫痪，成为霍金式的科学家。他在患病之前，是一个健康、活跃、谈吐幽默的帅小伙子。

柏拉图式的恋爱

1978 年，我采写高士其长篇传记，除了一次次请他本人艰难地口述之外，不得不进行大量的"内查外调"——拜访他的友人，请他们回忆高士其。其中，最为珍贵、印象最深的，要算是来自广西南宁的倪翰芳教授写于 1978 年 7 月 1 日的长达六页的来信。这封信回忆了倪教授早年与高士其的密切交往。据高士其说，他在美国留学时，写给倪翰芳的信有三十多封。高士其承认，他跟倪翰芳有过"柏拉图式的恋爱"。

倪翰芳在信中告诉我，那是 1923 年冬天的事情。当时，世界学生同盟大会在北京召开，三十多个国家的 5000 名代表参加了这次会议。倪翰芳是作为宁波甬江女子中学的代表来开会的，而高士其则受清华留美预备学校的委托参加大会接待工作。

在会议结束后的一天，高士其带领着浙江省的代表们参观游览。在王府井的东安市场里，倪翰芳看到北京的特产——绒花——非常喜爱。她拿了一朵，仔细端详了一番，赞叹不已，但又把它放回了原处。

"你喜欢，又不买？"倪翰芳细微的动作，被高士其看到了。"戴不了——轻轻一压它就坏了。"倪翰芳惋惜地说道。

倪翰芳回到宁波后不久，便接到从北京寄来的一只木箱。她打开木箱一看，见箱里放着一张硬纸，硬纸上插着一朵朵五颜六色的北京绒花，全都完好无损。倪翰芳惊叹高士其的聪明和热情。

一朵绒花，开启了倪翰芳与高士其的交往。倪翰芳生于 1902 年，比高士其年长三岁，高士其总是称她为"倪姐"。

同一艘轮船前往美国

1925 年，当高士其从清华留美预备学校毕业、前往美国留学的时候，倪翰芳以高中毕业优等生的资格考取了留美预备生，也要去美国留学。更巧的是，他俩竟然乘坐同一艘轮船前往美国。

赴美前，高士其到上海住了几天。在上海的时候，高士其特地去倪翰芳家拜访，因为倪姐在信中告诉他，她也要去美国。

当高士其来到倪翰芳家中的时候，受到了倪翰芳的盛情接待。高士其记得："倪姐当时赠给我许多她在宁波时的照片，也包括一张她的同学萧一的照片。萧一是作为我的女友而介绍给我的，这是值得纪念的一件事。"

在船上，他们谈论着学业与抱负。高士其回忆说："倪姐介绍我和她的沪江大学女同学王世宝相识。于是白天我们三人都在甲板上休息，三张帆布靠背椅连在一起，我在中间，左倪姐而右世宝，时而晒太阳，时而聊天，上午如是，下午如是，午饭后睡午觉，晚饭后睡觉做甜蜜美妙的梦，十天之内天天如是。看见这种情景的人都很羡慕我，认为我在去美国的途中，在船上交了桃花运了。其实我对世宝没有什么企图，对倪姐也只是谈谈柏拉图式的恋爱而已，这也可说是我们的幸福时刻。"

抵达美国西雅图后，高士其与倪翰芳各奔前程，高士其到威斯康星大学上学，而倪翰芳则在纽约上学。高士其在威斯康星大学化学系学习了一年，成绩超等，于 1926 年转入芝加哥大学化学系四年级学习。1927 年 3 月，他毕业于芝加哥大学化学系，获得了学士学位。接着，他成为芝加哥大学医学研究院的研究生，读医学博士的功课。

意外感染病菌

倪翰芳在给我的信中忆及 1927 年她与高士其在赴美之后
第一次于纽约重逢：

> 他（指高士其）告诉我，学校里功课很忙，但他对学
> 习很有兴趣，教授们对他也很好。由于他的专业是生物学，
> 他说他两年多以来不知解剖了多少只豚鼠。他风趣地说：
> "我已经成为豚鼠的解剖专家了。"他对他的专业相当热爱。

这时，倪翰芳已经与周其勋先生结婚。周其勋当时是美国
哥伦比亚大学教育学院研究生，后来与倪翰芳同为广西大学外
文系教授。周其勋是翻译家，曾翻译《英国文学史纲》《拜伦
评传》等。这次重逢，使高士其非常愉快。这也是高士其和倪
翰芳的丈夫周其勋先生第一次会面。

可是，过了一年多之后，倪翰芳见到的高士其，完全是另
一副模样。倪翰芳在给我的信中写道：

> 一年多以后，他又来到纽约，我见到他时大吃一惊。
> 他说话变得迟缓了，行走时两脚似乎不易弯曲，步履很慢，
> 两手拿碗筷时有点发抖。不久从由芝加哥来的同学处得知，
> 是高士其在解剖一只有病的豚鼠时手割破了，主持实验的

教授见到这种情况，非常着急，生怕病鼠的细菌由伤口进入他的体内，将来后患无穷。这种细菌虽不致立刻使人丧失生命，但它的危害是非常可怕的，因为它进入体内的哪个部分，就会使哪个部分的神经逐渐失掉功能，先出现麻痹现象，而后逐渐瘫痪……

高士其自己则这样回忆得病之初的情景：

　　每天下午上课时昏昏沉沉，爱打瞌睡，在人体解剖室里第一次感觉如此。有一天晚上，我在图书馆里阅读，忽然两眼发花，眼球上翻，很久不能下来。此后每隔一星期，晚上就发生一次这样的眼病。我到校医处去检查，诊断为脑炎病。当时那位大夫劝我回国休养。我发觉我的病与我培养的脑炎滤过性病毒有关，而且该菌像是通过左耳蔓延到小脑，因为我的左耳渐渐聋了。但在当时我的病很轻，所以不大在意。

1929 年冬，高士其第三次来到纽约，与倪翰芳见面。倪翰芳在给我的信中写道：

　　这次他的说话和手脚的动作更比前次缓慢了，看得出他的病情变得更加严重。我真为他痛心，但他自己似乎毫不在乎……

1930 年，高士其终于在芝加哥大学医学研究院读完全部医学博士课程。尽管已经患病，高士其仍绕道欧洲回国，游历多国。回国之后，高士其在挚友李公朴、艾思奇的帮助与鼓励下，走上科学小品创作道路，成为著名的科普作家。

（《作家文摘》2017 年总第 2005 期，摘自《历史的绝笔——名人书信背后的历史侧影》，叶永烈著，四川人民出版社 2016 年 1 月出版）

孟小冬在台湾

·叶国威·

京剧名伶人称"冬皇"的孟小冬，于 1977 年病逝台湾，其后葬在离树林山佳火车站不远的净律寺后山佛教公墓，墓碑由张大千题"杜母孟太夫人墓"，两旁植桂花数丛，馨香常萦。因先师李猷为孟小冬弟子，故清明时节借祭拜之际，鞠躬致礼，以尽晚辈景仰之心。

远在 1951 年 8 月杜月笙病逝，杜夫人姚谷香奉柩台湾，葬杜氏于汐止。孟小冬则留在香港，同年 11 月孟小冬搬离坚尼地台 18 号的杜宅，迁入铜锣湾使馆大厦，深居简出，只偶尔由余叔岩的最后一位琴师王瑞芝为之操琴，吊吊嗓子。次年春在香港菽园严欣祺府上由孙养农举香，孟小冬正式收钱培荣、赵培鑫、吴必彰为徒。其中以钱培荣学之最勤，孟小冬每每一字一句地教，再由王瑞芝反复操琴练习，十五年间得学余派名剧 12 出。由于钱培荣因经商常往来日本，故得孟氏特准录音，

226

以便旅中练习，而这些录音，最后成了孟氏传承余派戏曲的珍贵文献。

张大千平生也酷爱京剧，在 1951 年自印度倦游返香港，曾到使馆大厦拜会孟小冬，其间更由王瑞芝操琴，孟氏为大千唱了一段，并与与会十人合影留念。当时正值初夏，大千穿着一袭长衫而来，显得分外庄重。据任莘寿说因孟小冬诚心礼佛，曾向张大千求画佛像一张，她也破例答应张大千的要求，唱了一段拿手好戏，灌成录音带，赠送张大千。还说孟小冬本不轻易献唱，香港"丽的呼声"曾以十万港元请她录音，亦为她拒绝云云。不久张大千移居阿根廷，且在巴西、阿根廷、巴拉圭三国交界的"伊瓜苏"瀑布，和夫人徐雯波合影寄孟小冬留念。

到了 1962 年，香港大会堂落成，是年 4 月 21 日至 5 月 9 日香港博物馆主办"张大千画展"，为大会堂揭幕首展。张大千回香港在百忙中，亦专程到摩登台拜访孟小冬。在聚餐时，他们再度合影，然时隔十年，大千的胡须不复当年听曲时的乌黑，早已星霜满鬓。

孟小冬是 1958 年迁入摩登台，六年后再迁居北角继园台 5 号，直到 1967 年乘安庆轮移居台湾。当年 9 月 12 日下午一时半，孟小冬所坐轮船抵达基隆第二码头，当时前来迎接她的除亲戚外，尚有杜月笙的学生及菊坛人事数十人。这次孟小冬移居台湾舍乘飞机，改坐轮船，主要为了就近照顾她的四只爱犬：白兰地、安蒂、拉克和香槟。

孟小冬下船后惊鸿一瞥，记者非常失望，随后登门欲做访问，又遭孟小冬的家人以旅途劳顿、须充分休息为由而婉拒。

后经杜月笙得意门生恒社社员陆京士的协调，选在他台北安东街寓内安排一场记者招待会。孟小冬当天穿了一袭绛色旗袍，外搭一件灰色黑边毛衣，佩珍珠耳环，在墨镜底下，浅露笑容，有问必答，并表明因"年纪大了，身体也不好，我不会再演出了"。故当时报纸曾有"余派雅歌，广陵散已将成绝调"之题。

孟小冬定居台湾后确实没有正式再收徒弟，然对早年旧识前来请益者，亦悉心指授。先师李猷便是其中之一，而得孟氏尤多。先师向孟氏学《盗宗卷》时，有一句"这白亮亮的钢刀好怕人"，这个身段要指着丢下的刀，翻身过去，然后立即以左足独立，右足抬起，左手指刀，右手翻袖，同时唱这一句。先师以为不太难，真的要连翻带唱时，才感觉左足摇晃，把持不住。孟小冬一见，只说"提气"，果然气一提，左足立稳。这一点提醒画龙点睛，受用无穷。

粤剧名伶白雪仙也曾说："她（孟小冬）有一次很赏面，去看我做《紫钗记》，她说水袖不一定这样下的，可以捏着来做。这位大师只教了我这一点，已很受用……"

及孟小冬病逝台北，其生前所遗录音，经整理以"凝晖遗音"为名，录制一式二份，于次年3月底发行。

（《作家文摘》2019年总第2241期，摘自2019年5月22日《新民晚报》）

听金焰、舒适谈往事

·梁廷铎·

和两位"皇帝"同居一室

金焰和舒适这两位电影表演艺术家，都是我在上海电影制片厂的同事。那是"文革"期间，在奉贤电影系统"五七干校"，我原先和许多同事住在一个大房间里。有一天，连里通知我，让我搬到一个小房间去，和金焰、舒适住在一起。我拿着行李刚进门，就看见金焰已睡在上铺，舒适靠在床上休息。这个房间仅几平方米，两张高低铺，加上一个小桌子，已经没多少空间了。我和他们打过招呼后，说："你们两位年纪都比我大，当然应该我睡上铺。"金焰却说，他做过胃切除手术，吃了东西须卧床休息，睡在上面反而安逸。于是，我就睡在金焰的下铺。

我心想，我居然有幸和两位"皇帝"同居一室，真是难得。

金焰是 20 世纪 30 年代影迷评选出的电影皇帝，舒适在 40 年代末演了《清宫秘史》中的光绪皇帝。不过，此时《清宫秘史》已受到批判，所以谈话中彼此都不敢触及这方面的话题。

在电影厂里，大家都称金焰为"老金"，叫舒适是"阿舒"，所以我也就这么称呼他俩。这时老金拿出香烟，我一看是"生产牌"，那时只要八分钱一包，是最低档的香烟。金焰忙说："我的烟很差，不请你了。"随后，金焰拿出一个小钳子，从一包香烟中钳出一支，动作很优雅。因为那时还没有过滤嘴香烟，这样取烟可以卫生一点。尽管那时工资已被扣发，但金焰仍保持着以往抽烟的习惯。

当时干校规定上午劳动，下午参加小组学习或批判会，晚上自由活动。金焰身体羸弱，已不能参加体力劳动，就在田头帮助修理农具。他手很巧，会织毛衣，雕刻小玩意儿。舒适常年喜欢打球，身体较结实，我和他在一个班里劳动，他总是抢挑重担，对我很照顾，让我干些轻活。

金焰与刘琼因球结缘

我们住的这间房是在一排房子的最边上，晚上非常安静，听两位老大哥闲聊，是我最快乐的享受。

我曾问过老金，刘琼走上银幕是不是他介绍的。老金回答，他和刘琼是因球结缘，两人兴趣爱好很相投。刘琼原在政法大学求学，平时喜欢戏剧，金焰就介绍他进了联华影业公司。刘琼初次上银幕，是在孙瑜编导的《大路》一片中，金焰是主角。刘琼那时演的都是些小角色，慢慢地经过他自己的努力，终于能够演主角了。特别是在抗日战争爆发以后，金焰他们去了重庆，刘琼更成为观众喜爱的明星。舒适插话说，其实演艺界很多人都是从跑龙套开始的，阿丹、胡蝶等也都是从演小角色起步的。不过据阿舒回忆，20世纪50年代初他还在香港时，记得夏梦是一走上银幕就演主角的，那是少有的例外。

我对老金说："你做了一回伯乐，成就了一个群众喜爱的演员刘琼。"老金说："其实，我也是通过田汉、孙瑜等几位的帮助才走上舞台和银幕的，那时我也是从跑龙套开始，我还当过场记。抗战胜利后，我回到了上海，住无居处，是刘琼让我住到他家里，后来又经过他的介绍，我和秦怡结为伉俪。因此，我和刘琼是终身的知己。"

金焰爱好去郊外打猎

金焰是上影演员剧团的第二任团长。老金说，50年代是上影演员剧团最繁荣的时期，那时真是人才济济、名家云集。单就女演员来说，被誉为影坛"四大名旦"的白杨、张瑞芳、舒绣文、秦怡都在上影。我曾问过老金："听说你和白杨、赵丹、舒绣文四位一开始就定为一级演员，是这样吗？"老金告诉我，起初并没有一级演员，他们四个人都定为二级演员。直到1956年，为了提高知识分子待遇，发挥他们的积极性，原来的四位二级演员升为一级，其他级别的也相应提高。一级至三级演员相当于正教授级，四级至六级相当于副教授级。

有一次，我们谈到了打猎的话题。老金告诉我，那是 30 年代时，自己年轻好动，有空闲就到乡下去打猎，打到了野味就带回来与好友分享，郑君里、刘琼、张翼、韩兰根都是来品尝野味的常客。不过新中国成立以后，由于工作忙，也没有过去的条件，再加上身体又不好，所以早已不去打猎了。

不久，连部通知我和舒适回到原来的大房间去，金焰也搬到另一个房间去住了。直到"文革"以后，我才在常熟路公共汽车站见到老金一面，那也是最后的一面了。

舒适为人豁达甘当配角

我和舒适的接触，可能更多一些。我最早听到舒适的情况，是在 1956 年。当时我和王为一导演正在拍摄《椰林曲》。王为一告诉我，50 年代初，在中共地下组织领导下，香港进步爱国影人组成了一个"五十年代影业公司"，既坚持拍摄进步电影，又可以解决部分进步影人的生活来源。公司拍摄的第一部影片是《火凤凰》，由王为一导演，讲述一个资产阶级出身的知识分子冲出家庭走向社会、服务大众的故事。影片的主角是刘琼、李丽华，但为了让影片更卖座，其他演员也需要一定的知名度，所以请舒适参演。舒适在当时也是响当当的大明星，不久前刚主演过《清宫秘史》，而他在《火凤凰》中的戏并不多。我问王为一，阿舒怎么肯屈尊饰演配角呢？王为一说，这就是舒适的为人豁达。在拍摄现场，舒适非常尊重导演，如果他有意见也会与导演商量，没有一点大明星的架子。

80年代初，我在导演室见到舒适。那天办公室内没人，他一个人坐在那里像是在思考什么。我祝贺他光荣地加入了中国共产党，他却谦逊地轻轻摆摆手。阿舒平时说话不多。我知道，他是个追求进步、有正义感的艺术家。日军侵占上海后，中华电影股份有限公司（华影）经理张善琨许以高酬，要他拍摄宣扬"日中亲善"的影片，他愤然离开了这家公司。在香港期间，他因参加进步活动，被港英当局无理驱逐，回到内地。新中国成立后，他在上影拍摄了不少优秀的影片，除了几部是主演外，仍有许多是配角。但他兢兢业业地演好每一个角色，从不计较个人的名利，给同人们留下了很好的印象。

舒适退休以后，热衷于京剧，经常参加京剧票友的活动。他又和一些老友组成了古花篮球队，自己还担任队长，忙里忙外，乐此不疲。阿舒八十寿辰时，球队为他举行了祝寿宴会。他想到老友顾也鲁也是同年，于是就把顾也鲁拉来，共度这温馨的时刻。

胸襟宽阔，为人厚道，时刻想到别人，这就是舒适。

（《作家文摘》2017年总第2003期，摘自《上海滩》2017年第1期）

启先生贵姓

·朵渔·

20世纪90年代初，我进北师大中文系读书时，系里还有"十八罗汉"之说。所谓"十八罗汉"，是指中文系历史上师资阵容鼎盛时期，曾会聚了诸如陆宗达、黎锦熙、钟敬文、谭丕模、叶苍岑、李长之、李何林、刘盼遂、穆木天、彭慧、黄药眠、启功、俞敏、肖璋等一批大师级教授。我进校时，老先生们已所剩无几，硕果仅存的几位，也都一个个隐退了，平时难得一见。

这些"罗汉"里，我有幸一睹真容的，也就是启先生和钟老了。在北师大的校园里，无论老师还是学生，大家都尊启功为"启先生"，而不是"启老"；而钟敬文先生则被尊为"钟老"。当时两位老先生已不给本科生上课，启先生会经常在一些学术场合出现，而钟老则是每天黄昏时夹着拐杖在校园里散步一周。

启先生到底姓什么？如此一问并非唐突，因为启先生是雍正皇帝的第九代孙，这个"皇族"身份让他的姓氏变得扑朔迷离。雍正的第四子弘历，后来继承了皇位，是为乾隆皇帝。雍正的第五子弘昼，与弘历是异母兄弟，被乾隆封为和亲王。启先生就是这和亲王的后代。很多人都觉得启先生应该姓"爱新觉罗"，但启先生不这么认为："我既然叫启功，当然就是姓启名功。"

启先生言之凿凿，他在其《口述历史》中解释说，"觉罗"是满语 jir 的音译，最初是指努尔哈赤父亲塔克世的伯、叔、兄、弟的后裔，带有宗室的意思。后来把这个"觉罗"当作语尾，加到某一姓上，比如加到"爱新"后面，就变成了"爱新觉罗"，作为这一氏族的姓。"在清朝灭亡之后，再强调这个'觉罗'，就没有意义了。这是从姓氏本身的产生与演变上看，我不愿意以'爱新觉罗'为姓的原因。"

最近这些年来，"爱新觉罗氏"变得很金贵，似乎一爱新觉罗了，就沾上了皇家的贵气。启先生说："这实际很无聊。"在历史上，"爱新觉罗氏"也曾经变得很烫手，人人避之唯恐不及。辛亥革命时，曾提出"驱除鞑虏，恢复中华"的口号，"满人都唯恐说自己是满人，那些皇族更唯恐说自己是爱新觉罗"。后来又提出汉满蒙回藏五族共荣，形势稍有缓和。1949 年后，爱新氏又成了忌讳。"事实证明，爱新觉罗如果真的能作为一个姓，它的辱也罢，荣也罢，完全要听政治的摆布，这还有什么好夸耀的呢？"

后来，启先生还被迫姓过一次"金"，原因是，满语"爱新"就是汉语"金"的意思。清室灭亡后，按照袁世凯的清室优待条件，所有的爱新觉罗氏都改姓金。启先生的祖父在临终前曾嘱咐他："你决不许姓金。你要是姓了金就不是我的孙子。"启先生说，这不仅有违祖训，而且事关民族尊严。"要管我叫'金启功'，那更是我从感情上所不能接受的。"

启先生一生头衔多多，他自认为首先是一个教师，然后是一个画家，最后才会提到书法。而先生以书法赢得大名声，却是不争的事实。先生爱开玩笑，比如说，自己的书法得益于抄大字报。"我不管起草，只管抄，我觉得这段时间是我书法水平长进最快的时期。……所以我对抄大字报情有独钟。后来，总有人喜欢问我，'你的书法算是什么体的？'我就毫不犹豫地回答他'大字报体'。"玩笑话，当不得真。

事实上，老先生有他狷介耿直的一面，臧否起人物来毫不隐晦。比如他谈到陈寅恪，就颇直言无忌："陈寅恪先生研究柳如是、研究《再生缘》——就是不念《再生缘》对史学又有什么关系呢？……他借题发挥，发什么挥？所以我觉得，寒柳堂啊，什么'再生缘'、柳如是等等，对直接教学、对学生好像没有必要。"

启功先生是标准的传统文人，行为世范，一生淡泊名利，自视为平民，状若熊猫，和蔼可亲。先生一度因书名太盛，前来求字者车马鼎沸。但老先生有自己的原则，他可以给工友们题字，却经常让达官贵人吃闭门羹。某次，有京城巨贾逼他题字，他翻脸曰："你备好笔墨纸砚我就得写，那你要是备好棺材我是不是就得往里跳？"北师大是一所平民学校，读师范的孩子大多是穷人家出身。先生曾在 20 世纪 90 年代初期拿了一些字画去香港，卖了一百多万，回来设了个励耘奖学金，用来奖励和资助穷学子。这"励耘"二字，正是他恩师陈垣大师的斋名。我在学校获得的唯一一项奖学金，就是励耘奖学金。

（《作家文摘》2014 年总第 1774 期，摘自 2014 年 9 月 9 日《晶报》）

朱家溍：不以物喜不以己悲

·赵珩·

1985 年，我第一次见到朱家溍先生。起因是出版社想筹办《收藏家》杂志。我便开列了一个应该去拜访的人名单，其中就包括朱先生。此后，从我第一次去板厂胡同拜访他，一直到 2003 年 9 月他去世，一直没有间断接触。

机缘巧合与故宫文物结缘

朱先生虽然和我们家交往不多，但是与我父亲在家庭教育等很多方面都有相似之处。

他们不管在外面上什么样的学校，回到家，都有好几位专门讲旧学的家庭教师，如讲经学的、讲小学（文字、音韵、训诂）的，还有讲史学和诗词的等。

当时很多人家都是这种情况，主要是考虑到孩子的新式教育不可废弛，中国传统的经史也不能丢弃。我所知道的朱家溍先生、王世襄先生、周一良先生、杨宪益先生等都是这么过来的。在这一点上，他们都很相似。

朱先生辅仁大学毕业时正是沦陷时期，当时谋事很困难，所以朱先生 1941 年到了重庆，在国民政府的粮食部工作过一段时间。可是他一点儿都不喜欢，那是"没法子，混饭吃"，这个朱先生对我讲过。他那时要查很多档案，要起草很多公文，对他来说味同嚼蜡，是极没意思的事情。

1943 年机缘巧合，故宫的很多东西在抗战期间运到了大后方，当时要在重庆搞一个文物展览，需要清理几十箱文物，朱先生被马衡先生看中，开始参与了这项工作。1945 年抗战胜利，北平光复，故宫文物又运回了北平，他自此进入故宫工作。从此五十多年的时间，朱家溍先生几乎把一生贡献给了故宫。

不愿说他是京剧票友

朱先生是一位戏曲研究家，他从来不愿意人家说他是京剧票友，他是对京剧有很深的造诣，而且能够粉墨登场。他在 60 年代初就曾经和言慧珠演过《霸王别姬》。因为朱先生真正懂得戏曲艺术，所以到朱先生家程门立雪问艺的行内人很多。这些人有的是戏校出身，有的是梨园世家。晚年和他配戏的旦角主要是宋丹菊，她是四小名旦宋德珠的女儿。

他们家里也唱堂会，我看过他们家堂会的戏单，一些名角都在上面。他尤其喜欢武生戏，特别钟情于杨小楼。他看杨小楼的戏很多，他跟我聊天时经常聊起杨小楼的艺术，直到晚年，还经常"耗腿"，他的腿还能抬起来，云手、山膀的架势也都中规中矩，所以说，朱先生在戏曲功底上的锤炼是非常深厚的。

兄弟商量文物全部捐献

朱先生兄弟四人，长兄家济在浙江文物管理委员会工作；二兄家濂从事版本目录学，在国家图书馆工作；三兄家源搞明史，在中国社科院历史所工作。虽然从事的研究略有不同，但都是以中国历史文化研究立身于世。朱家收藏的碑帖、家具、书画、古籍等，按今天人们看重金钱的观点，估算下来其价值何止上亿？他们兄弟就分四次捐献给国家。1953年捐献碑帖七百种，一千余件，可以说是在故宫现存碑帖中占有一定比重的。1976年又将两万多册古籍捐献给了社科院。同时，将"文革"抄家退赔的明清紫檀、黄花梨家具捐给了承德避暑山庄。最后一次是将二十余件珍贵书画捐献给祖籍的浙江省博物馆。当然，1953年的捐献背景比较复杂，但是"文革"后发还查抄物资的捐献确是出于不让珍贵文物星散的原因。把退赔的红木家具拉回来只能堆在院子里，狭小的室内进不去，与其让这些东西风吹日晒，或者卖给那些投机倒把的商人而使文物散佚，就不如全部捐献给国家，于是他们兄弟商量后就全部捐了。

在与朱先生接触中，我从来没有听他说过这件东西值多少钱，那件东西值多少钱。在他的眼里，文物只有艺术价值和文献价值。

家猫、野猫自由出入蜗居

朱先生的屋里有两个小横帔，一幅是当年许姬传先生给他写的室名——"宝襄斋"。还有一幅小横帔是启功先生给他写的"蜗居"两个字。一幅挂在里屋的门口对面，一幅挂在内室的门框上。说到蜗居，朱先生的居室确实是蜗居，他的起坐间就在北房耳房的一角，大概十二三平方米。

家里养了几只猫，都不是什么名贵品种，由于来去自由，上房爬树，因此身上总是弄得稀脏。也有随时来访的野猫，出入也是大摇大摆，无所顾忌。他们在屋门下端挖个窟窿，猫能出入方便。有时候，那些猫也跑到朱先生身上，蹿上跳下。虽然是蜗居之中，其乐也融融。以朱家所捐献的文物而论，就是随便拿出几件来，买几处豪宅也是绰绰有余，但是朱先生和他的两位兄长却一直住在这所并不宽敞的院落中，安贫乐素。

我从来也不在朱先生家吃饭，朱先生也从不留客，每在吃饭前大家就走了，他家里也实在没法招待客人。朱先生直到晚年，仍然是骑自行车上下班，故宫里的办公室也不是独立的，而是跟别人拼在一起的。

做人准则从未动摇

三女儿传荣在写到父亲的时候，曾援引她母亲对朱家溍先生的一句评价——"他总是把自己的心捧得高高的"。我一直在玩味其中的含义。我很了解朱先生的经历，也了解他的为人。他经历过童年和少年时代的优裕生活，也经历过青年时代的颠沛与动荡，他经历过中年时代的屈辱与不公，也享受过晚年的辉煌与荣誉。财富的得失、生活环境的好坏也没有影响到他的所为与所不为。

20世纪80年代，朱先生也曾应邀做过几部影视剧的顾问，但是拍出的作品却没有按照他的指点还原历史真实，他对此十分不满，从此拒绝担当这样的顾问工作。朱先生从不做沽名钓誉的事，更不以金钱的诱惑出席些商业性的社会活动，除了故宫、中央文史馆和民革中央组织的活动，很少参与那些文物鉴定的事，因为，"他把自己的心永远捧得高高的"。

2003年的春天我到朱先生家去，聊了一会儿，他忽然问我："你怎么戒烟了？"我说："没戒，在您这儿就不抽了。"因为我知道他检查出肺癌。他说没事，说着进里屋拿出一盒大中华，拆了，两个人对抽。

他最后在305医院去世。我去看过他两三次，最后一次给他送了一些家里做的沙拉，还有从德国肠子铺申德勒买的新鲜香肠。那天他睡着了，我和内子没有惊动他。晚上传梓给我打来电话，说朱先生醒了知道我来过了，看到那些吃的东西很高兴，跟他两个女儿说，"今天晚上好，有西餐吃了"。那是我最后一次见朱先生。

（《作家文摘》2016 年总第 1979 期，摘自 2016 年 9 月 29 日《北京青年报》）

本色王世襄

·田家青·

有不太熟悉王先生的人问我："王世襄先生眼力那么高，收藏和赏玩的物品都那么精美，就连他当年抓獾用的套钩都是令人爱不释手的古代艺术品，价值不菲，那么他在平日生活中使用的器物，是不是也那么考究？是不是也都是珍贵的工艺品？"

和大家的想象完全相反，日常生活中的王先生，非常简朴，怎么简单方便，怎么环保好用，就怎么来，甚至有些凑合。这是生活的最高境界，是信心和实力的表现，是真正经历过繁华后的返璞归真。

勤劳与节俭，贯穿着王先生的一生。他的衣、食、住、行，无不显示出他的性格本色。

毋庸赘言，凡是见过王先生的人都应该知道，他的衣着特别简单，尤其夏天，一件大圆领儿的老头衫，一条宽大短裤，一双松紧口鞋，手里拿着个大蒲扇，一副随处可见的随和的街道老大爷形象。

王先生曾经在他的书里写过，老伴儿穿着也很朴素，从来没有要求买过什么特殊样式或时尚名牌等，有的衣服都已经很旧了，但简净得体。有时，他要给她买件衣服什么的，结果半路就把钱买了古玩。这种事时有发生，老伴儿也绝不抱怨，真是夫唱妇随，琴瑟和谐。

烹调是王先生的一大爱好，也是一大乐趣。他是众所周知的美食家。但他的家馈美食中从无山珍海味。例如，很多人都知道王先生擅长烹调鳜鱼，当年在干校曾做过用十几条鳜鱼变着花样做成的鳜鱼宴。但在我认识他的这么多年里，他从来没有自己在家里做过这道菜。曾有朋友相问，他回答说，当年做鳜鱼宴，是在鳜鱼的产地，跟当地渔民熟识，就地取材，买鱼自然便宜，所以这么做过一次，北方鳜鱼价贵，犯不着去这么花费。

他擅长买菜，不愿意买反时令的蔬菜，总是什么季节吃什么菜。时令蔬菜既新鲜又便宜，而且味儿对。王先生做饭从不糟蹋一点儿东西，在食料用材上真是"吃干榨净"。例如，吃完老玉米（苞米），玉米皮绝不扔掉，王夫人将之洗净、擀平、晾干后，刷洗碗筷用，既环保又卫生，还十分好用。

王先生家有个层层叠落、卡子卡住、可以拎着的提盒式搪瓷圆饭盒，平常洗得干干净净的，收在一个小布包里。每次出去吃饭，临出门儿的时候，王夫人一定会带上这饭盒。吃完饭若有能带走的剩余饭菜，一定要分门别类，一点儿不剩地装在这个饭盒里带走，再剩下带不完或没法儿带的，也一定当时就让大家分着吃掉，绝不浪费。

招待外边来的客人，有时王先生会亲自做饭。王先生设宴，从来不上山珍海味，一色他拿手的好吃不贵的家常菜。逢有工作的日子，饭食就更为简单。例如，每年有一两次邀请老鲁班馆的师傅祖连朋来家中维修保养和研究古家具，我也帮着忙活，搬来搬去得干一天活儿。中午没时间做饭，屋里屋外也弄得挺乱，王夫人就到南小街那家清真肉饼铺，买回肉厚皮薄、形状像清代宫门上凸起的大门钉一样的"门钉肉饼"，熬一锅小米粥或者是玉米糁儿粥，再拍几根黄瓜，就是一顿美美的午饭。饭后沏壶茶，既喝茶聊天，又是学习交流，也是休息。有一段时间，这成了标准工作餐。

自从老两口儿从平房搬进公寓，更忙了，更没时间做饭。尤其王先生编著那一套《锦灰堆》的时候，基本是买各类方便食品，热一热就吃了。

两位老人勤俭质朴。每次外出，只要有公交车，基本就不会打出租车。王夫人在住家周边办事，全靠两条腿走路。远些的地点，她就乘公交车。老爷子则一直是骑自行车，从年轻时一直骑到八十多岁。他专门让我给他照过一张相片，说"你看我都八十多了还能骑车呢"。

后来，若是到我的工作室来，那路途就太远了，他每次都是坐公交车来，其间要转三次车，转站之间还有挺长的一段路要走。那时他年事已高，我跟他说："您就破例打个出租来。"他一听就急了。王先生起床特别早，每次都是不到七点就到我这儿来了，有的员工还没起床呢。到了之后跟我们一起吃个早饭：玉米粥、馒头、咸菜丝。我们工作室的人对此都极为惊讶，尤其是第一次见到他的人，都没想到，这么德高望重的老人家，竟如此的质朴和平易近人。

新千禧年，德国总理送给中国总理一部奥迪 A8 的防弹保险车。国务院又把这部车转送文史馆，指明要给黄苗子、王世襄等老一辈文史馆专家使用。其间有几次外出活动，我提醒他可向文史馆要求派车。王先生都一口回绝。在我印象中，这部奥迪，王先生似从未坐过一次。

多年来，王先生家里没有请过保姆。一切家务，均由老两口儿亲自打理。王先生从来不过生日，老伴儿也如此，甚至在生日那天工作得更忙。

真正的高人不摆谱儿。王先生真是在平平淡淡、朴素节俭、勤奋治学中度过了一生。

王家的门第，从清代至民国，从高祖到父辈，有高官，有外交才俊，有科学精英，有翰墨名家，他可谓簪缨世家的贵公子。可说起勤劳节俭，安分知足，本属劳动人民本色，反而由当年被鄙视为"资产阶级封建地主官僚出身"的王世襄，演绎得淋漓尽致。大概一个人的一生，须"绚烂已极"，方能"归于平淡"吧。

（《作家文摘》2014 年总第 1748 期，摘自《和王世襄先生在一起的日子》，田家青著，生活·读书·新知三联书店 2014 年 5 月出版）

我与黄苗子

"我不是黄永玉"

　　我与苗子兄相识，是 1962 年。那时，他是纪念曹雪芹逝世两百周年筹备会的常坐班人。那天，召开小会，是讨论曹雪芹画像——包括一幅单人的正式"标准像"和"生平事迹"的组画。对芹像的要求是须表现"十气"：才气、英气、豪气、侠气、傲气、书卷气、愤世嫉俗气……大家听了都笑起来，说："这可太好了。只是画家有这样的本领，能画出这么多'气'来吗？这太难人了！"（至于生平事迹，那时研究者还极少，提不出几幅主题内容来，好像是只"凑"出了八幅，如秦淮旧梦、画石、古庙题诗、佩刀质酒、黄叶著书、除夕病逝。）

　　第一次邀请的画家是黄永玉。会上展示了黄先生一幅画，画的是小横幅，雪芹坐于豆棚瓜架式的环境中，相貌文雅喜悦——不是要画那种"白眼斜"的狂傲之态。我觉得很可喜，就向那位给我画看的同志表示赞意："您画得好，这样画法我很喜欢……""我不是黄永玉，我叫黄苗子。"这时我才明白：我将"二黄"混为一人了。

这一情景，就是我认识他的开头。

他的话干净利落

纪念大典之后，便不复得晤，转眼十几年过去了……

大概是1976年吧，拙著《红楼梦新证》增订本出版了。忽一日，有人向我传来一句话，说黄苗子要买《新证》，请告知怎么办理。

这时，我才又回忆起我们在东华门外翠云庄、紫禁城内的武英殿，常得聚会的那些"纪芹"的盛况。可是我不知如何与他联系，就写了一个便条送往他所在的"单位"去问："黄苗子现在情况如何？住址何处？"幸有热心人，竟也以便笺答复了我：（大意）他现在已没什么问题了，可以联系，住方家园15号。

我一听，我们住得不远，从敝寓往北，循朝阳门内南小街北行，几分钟即是方家园（又写成芳嘉园）。就拿了一部《新证》，签题为赠，并亲自给他送去。

方家园胡同在小街东侧，一进巷口，就见一所木结构，是座道观，形制很精美可爱，别处也未见过此式建筑，迎面墙上还刻有很多字，似是施主姓名——附带一句题外的话，以后每到此处，总要看看这别致的小道宫，但每一回再至，即见那宫院外形大变样，不知是怎么回事，也闹不清改为何用。最后一次所见，则清清楚楚，是一个公共厕所。

闲话休提，且说入巷，左拐弯东行，快到又将拐弯处，找到了15号，一所小矮房院。进大门后，外院的东厢有一敞旧的木门。

我料此即当是苗子之高斋了，便叩扉而待。果然，开门的就是他。

进了屋，面积有限，书物很多，堆得满，书画笔墨，一望看不清，只觉得是个雅居——不是"胸无点墨"之人的住处。

我只能坐在靠门的座位上，这就是仅有的"客座"了。一张方桌，也置有笔砚。夫人郁女士也很热情，给我一支"嘴烟"，我接过"叼"在唇上，她客气礼貌地要为我"打火"时，才见我把"嘴儿"朝外叼着，她笑着替我将烟"正"了位，点着了。

这时，方与苗子开谈。

记不得谈到哪一点上，我忽然想起一个问题，就问说："还能记得陆厚信画的雪芹小像吗？你当时见到时是什么样子？只此一张？还是怎么？"

他毫不迟疑地回答："记得。一部册页画的都是乾隆时的人。"

"册页？共有多少开？"我忙问。

"八开。"他断然无疑地语气。

"——八开都是陆厚信画的像，都有尹继善题的诗。"

"——陆厚信是个画家，我在一部书上见过这个名字——记不清哪部书了，可以查。"

他的话，干净利落，一点儿也不拖泥带水，当然更谈不到"我想想""大约""似乎"……这些常可听见的支吾之词、多虑之调。

"狭路相逢"和"与君重会"

1980 年炎夏，因赴美出席"国际红学大会"，归程再到香港。经友好单位安排的住处是一所高层楼，电梯停住的那一层走出"梯笼"看时，居室无"门"，却是一排粗圆柱排成的铁栅栏，上有大铁锁……

进屋一看，坐着一人正写什么。等他听见有人到了，转过脸时，他和我都不禁大笑起来：那人原来是黄苗子！

记得他很快乘着手中笔墨立赋一诗，云：

> 芹溪通向太平洋，不隔红楼万里航。
> 一笑相逢真狭路，弹丸叠屋是香江。
> 汝昌道兄出席国际红学讨论会自美归国途经香港，予适留此同寓土瓜湾。汝公索诗，戏以打油请教。
>
> 庚申仲夏苗子

我随其后也赋诗一首：

> 最忆城东隔巷欢，今朝蒸甑土瓜湾。

　　怜君才思无穷境，路狭真能成路宽。

　　庚申五月忽与苗子相值于港岛，惊喜意外，暑酷无计可施，因相邀以小句遣日，诚可发一大噱也。弟汝昌附识。

　　余与苗子兄居近相去不数武，故首句云尔，乃实录也。

　　他用"狭路相逢"一语，是有意反用"冤家对头"的原义，实在风趣幽默，而且，那"狭"字又是双关——是说港地。

　　原来，在北方生长习惯于广阔平原、宽房大院的人，一到香港，最"触目惊心"的就是那狭隘、拥挤、堵闷……喘口气也觉不舒畅。那居住建筑面积之珍贵，"地皮"价值之高昂，皆非内陆人所能想象——好一个"狭路"，一点儿不夸张也！

　　苗子兄每日早早外出将早点买好了，摆在桌上，我是"享现成的无能为力"者，很自惭感。他为人和厚，爱笑——自云"终当笑死"，什么世故人情，入他目中，都是呵呵大笑的资料。

　　说来更有趣，我们再会，又到了北京西郊的香山饭店。那是 1982 年 12 月召开全国政协大会文艺界委员居住之处，恰好我们又同在一个组。

　　记得很清楚，我一见他，立即提笔于三分钟内草成七律一首，开头就是追忆"狭路"一典：

即席赠苗子兄

　　狭路相逢（土瓜湾故事）此路宽，犹怜昨日唱山难。（友谊宾馆故事）

　　岁朝喜与君重会，握手知温那有寒。（用俗语而反之）

他接过看了，脸上那熟悉的笑容又加重了一倍；只见他也立即振笔疾书，将一张纸条儿掷过来。接住看时，竟也是一首七律：

> 暴点高歌嗓子宽，大唐雄舞得来难。
> 年年此日能相见，心暖何知岁月寒。

弟苗子

情词俱到，韵律铿锵，无懈可击——说真的，平生诸友，大抵能诗，而敏捷似此，实只苗子一人。

（《作家文摘》2020 年总第 2325 期，摘自《师友襟期》，周汝昌著，周伦玲整理，北京出版社 2019 年 4 月出版）

父亲陈白尘的书桌

·陈虹·

礼物

作为一名作家，最高的奢望莫过于拥有一间自己的书房，拥有一张称心如意的书桌。

我不止一次地听母亲说过，新中国成立前他们的生活动荡不安，从未有过一间属于自己的房子，就更不要说属于自己的书桌了。抗战期间在重庆，父亲的许多剧本甚至是在路边的小茶馆中完成的。

新中国成立后，父亲任职于中国作家协会，记忆中的家位于北京东总布胡同机关大院的宿舍里。虽说终于有了属于自己的一方天地，但房间里的家具却极其简陋，至于父亲的书桌，也同样如此，它的"容貌"可以用两句话来形容：抽屉东倒西歪，桌面坑洼不平。母亲只好为它配置了一块玻璃板，下面垫以绿色的绒布，父亲很是心满意足了……

到了 20 世纪 50 年代末，全家搬进了宽敞明亮的北房。一周之后，一张古色古香的红木书桌，出现在了新居的书房当中。母亲说，这是她送给父亲的礼物，酝酿了很久的礼物！

全家围着它看了又看：那诱人的光泽，那典雅的造型，实为见所未见；那镶嵌其中的大理石，那精妙绝伦的手工艺，更是闻所未闻。整个书桌没有一颗钉子，全靠榫头相连接，而两头的屉柜与中间的桌面竟然可以自由分解；脚下的踏板更是精巧无比，一根根纤细的木棍拼饰出了多姿多彩的图案。母亲轻轻地拉出了一个抽屉，只见其底部清晰地烙着一个圆形的印迹，为大清 ×× 皇帝之年号。母亲的得意，在于她只花了五十块钱便从寄卖行里淘来了这件不知是出于哪位王爷府中的尤物。

但这份"礼物"让父亲惊呆了——他终于有了一张书桌，一张属于自己的书桌！从此之后，父亲除了上班之外，几乎将所有的时间都交给了它。

分离

然而，平静的日子才过了几年，"文革"的风暴便席卷了大地，父亲与我们，也与他的书桌，生生地拆分开来——父亲被关进了"牛棚"，而我们全家则被撵出京城，发配南京。

为了生存，母亲只得变卖身边的东西：先是衣服，凡是能值几个钱的，用被单一裹，一股脑儿地送进了寄卖行；接着是家具——一切被视为无用的东西，也都辗转着出手，换回几张救命的钞票。记得其中有两个硬木书柜，是千里迢迢从北京带到南京来的，当年父亲将它们放在客厅当中最显眼的地方，这是他的命根子，但母亲还是咬咬牙卖了，一共才卖了二十块钱……

但是，父亲的这张书桌，这张留有他体温的书桌，这张亲历他笔耕的书桌，却被毫发无损地保留下了。母亲将全部的思念都交给了它：每天为它擦拭，一遍又一遍；隔日为它打蜡，一道又一道。不知有多少个深夜，我从梦中醒来，看见的都是母亲端坐在书桌旁的身影……

整整七个春秋，父亲终于回到了家中，书桌终于等来了它的主人！

但是没过多久，家中的住房再一次被强占，留给我们的只剩下两间仅可容膝的斗室。很快外孙也出世了，父亲的书桌终于失去了原本属于它的空间。那天父亲咬着牙一句话也不说，只是默默地指挥我们，将桌面与屉柜拆卸开来。一分为三的书桌似乎在流泪，随后父亲又下达命令：先将两个原本各置一端的屉柜并放在一起，之后再将那张原本卡在中间的桌面直接摆在它们之上。父亲终于微笑了，笑中带着苦涩，也带着些许欣慰：行，还能用！依旧可以伏案写作——尽管这个"案"早已面目全非了。

就这样，父亲的创作生涯又重新开始了！——没有了摆放椅子的位置，他将就着坐在床边上；没有了伸展双腿的空间，他只能侧身靠在书桌旁。脚边是外孙的摇篮，头顶是婴儿的尿布，桌面上则是稿纸与奶瓶结伴，墨水与玩具为伍。他一刻不停地写、废寝忘食地写，《牛棚日记》《听梯楼笔记》《大风歌》……

捐献

20 世纪 90 年代，收藏热开始升温了。有人来估价，张口便是一个天文数字，这不仅因为它的木质上乘，更因为它的历史悠久——来自明清宫廷的文物。父亲笑了，他不住地摆手："谬矣！谬矣！五十块大洋，北京东单三条买来的……"但是就在这笑容的背后，我清楚地读懂了他的潜台词：这是我生命的一部分，谁也别想占有它。果然，没过多久，随着病情的日渐加重，他写下了遗嘱："我死后，将这张书桌捐献给中国现代文学馆……"

书桌拉走那天，母亲把手中的那盒蜡也递了过去："记着，经常要给它打打蜡……"卡车远去了，母亲依然一动不动地望着，泪水顺着她的面颊潸潸落下。

又是二十多个春秋过去了，书桌成了我们挥之不去的牵挂，尤其是母亲去世后，我们又多了一项任务——每逢去北京时，必定要代表母亲去看望那张书桌，那张亲如家人的书桌。它被安放在了文学馆的三楼，和许许多多作家的遗物一样，得以纪念，得以安息。

（《作家文摘》2016 年总第 1988 期，摘自 2016 年 6 月 18 日《北京青年报》）

图书在版编目（C I P）数据

大家风骨 /《作家文摘》编 . — 北京：现代出版社，2021.5
（《作家文摘》名家忆文系列）
ISBN 978-7-5143-8786-5

Ⅰ. ①大…　Ⅱ. ①作…　Ⅲ. ①纪实文学－作品集－中国－当代
Ⅳ. ① I25

中国版本图书馆 CIP 数据核字（2020）第 269018 号

大家风骨（《作家文摘》名家忆文系列）

编　　者	《作家文摘》
责任编辑	毕椿岚
出版发行	现代出版社
通信地址	北京市安定门外安华里 504 号
邮政编码	100011
电　　话	010-64267325　64245264（传真）
网　　址	www.1980xd.com
电子邮箱	xiandai@vip.sina.com
印　　刷	保定市铭泰达印刷有限公司
开　　本	710mm×1000mm　1/16
印　　张	16.5
字　　数	171 千
版　　次	2021 年 5 月第 1 版　2022 年 6 月第 2 次印刷
书　　号	ISBN 978-7-5143-8786-5
定　　价	48.00 元